Ein Teil von mir

Sonja Waltraut Schüle

Ein Teil von mir

Marlene und ihr Kind

Umwelthinweis:
Dieses Buch wurde auf chlor- und säurefreiem Papier gedruckt.
1. Auflage 2013
Copyright 2013 by Sonja Waltraut Schüle
All rights reserved under Pan American and International Copyright Conventions. No part of this work may be reproduced, stored in a retrieval system or transmitted in any form or by any means, electronic, mechanical, photocopying, recording or otherwise, without the prior permission of the author. All correspondence concerning the content of this volume should be addressed to Sonja Waltraut Schüle.
Kein Teil dieses Werkes darf reproduziert, in einem Wiederholungssystem gespeichert, in keiner Form oder auf keine Art und Weise gesendet werden, mechanisch, elektronisch und optisch aufgenommen oder ohne die vorherige Erlaubnis des Autors vervielfältigt werden. Alle Anfragen über den Inhalt dieses Buches müssen an Sonja Waltraut Schüle gerichtet werden.
Alle Rechte/all rights by Sonja Waltraut Schüle.

Alle Text- und Bildrechte liegen eigenverantwortlich beim Autor.
Text: Sonja Waltraut Schüle

Zu beziehen:
Durch den Buchhandel
Verlag: BoD – Books on Demand
Durch die Autorin.
Bibliografische Information der Deutschen Nationalbibliothek
Die Deutsche Nationalbibliothek verzeichnet diese Publikation in der Deutschen Nationalbibliografie; detaillierte bibliografische Daten sind im Internet über http://dnb.d-nb.de abrufbar.

Satz, Umschlaggestaltung, Herstellung und Verlag:
BoD – Books on Demand
Printed in Germany
ISBN: 978-3-7322-7176-4

Inhalt

Vorwort	9
Aufruf zu gesellschaftlichen Veränderungen	11
Eine prägende Zeit mit schönen Erinnerungen	16
Gesellschaftlicher Wandel als große Herausforderung	21
Marlene	26
Wechselbad der Gefühle	28
Kann es gelingen?	30
Der ersehnte Wunsch	32
Ein Traum wird zum Albtraum	33
Welche Chancen hat das Kind?	37
Eine andere Welt	40
Die Nacht der Ernüchterung	43
Es gibt kein Zurück	45
Erwachen in einer bitteren Realität	47
Wer fängt mich auf?	49
Eine Begegnung mit großer Hoffnung	51
Kontakt und Nähe sind das Wichtigste	54

Die »kleine« Freiheit	56
Wer schenkt seelischen Beistand?	58
Eine Zusage wird zum Versprechen	60
Notwendige Torturen	62
Eine niederschmetternde Prognose	65
Einfluss und Werte bringen Zweifel	67
Jeder kann ein Vorbild sein	70
Eigener Therapieplan	73
Endlich daheim	76
Wann darf, wann muss ein Frühchen leben?	103
Nachwort	107

Gib dem Menschen den Verstand, mit »wahren Worten«, die Dinge zu benennen, sie mit der Seele zu empfinden, damit das Wort den Dingen gleicht, um sie zu verstehen, sie zu lieben.

Vorwort

Bevor ich diese Geschichte aufzuschreiben begann, überlegte ich sehr lange, warum ich diese Reise durch mein Leben mit fremden Menschen teilen möchte. Schließlich geht es um meine tiefsten Gefühle und die schwierigsten Momente und um einen freudvollen Sieg. Ich erzähle meine Geschichte und die meines Sohnes Daniel, der inzwischen 34 Jahre alt ist, vor allem deswegen, weil man ihm damals als Frühchen keine Überlebenschancen eingeräumt hatte. Und wenn ich ihn heute betrachte, wird mir wieder bewusst, dass es an ein Wunder grenzt, dass er ein selbstbestimmtes und erfülltes Leben genießen darf.

Ich weiß, dass es viele Mütter gibt, die ein ähnliches Schicksal erfahren mussten oder sich noch in einer so ähnlichen Situation befinden. Denen möchte ich Mut machen und sagen, dass in der Liebe eine ungeheure Kraft steckt und im Willen zum Leben eine Herausforderung, die eine überdurchschnittliche Leistung hervorbringen kann. Ich habe eine Erfahrung machen dürfen, die mir den Zugang zu erweiterten Erkenntnissen ermöglichte. Am Ende siegte das Leben, das gewonnene gesunde Leben.

Aufruf zu gesellschaftlichen Veränderungen

Es war die Gesellschaft der Sechziger- und Siebzigerjahre, die eine Aufbruchsstimmung signalisierte und eine sich verändernde Gesellschaftsordnung mit ihrem großen Wandel proklamierte. Dies ließ mich als Jugendliche aufhorchen. Bei der Vorstellung, die Verwirklichung der »großen Ziele« jener Zeit mit zu gestalten, fühlte ich mich in einer inneren Unruhe. Dies versetzte mich in Aufruhr, und so ließ ich mich als junge Frau hineinziehen. Die Welt zeigte sich offen … eine neue Öko- und Friedenspartei »Schwerter zu Pflugscharen« wurde gegründet. Lange Menschenschlangen bildeten sich auf den Straßen. Seite an Seite mit Friedensaktivisten. Und … wir nahmen den Appell auf, die Erde mit mehr Achtung und Respekt zu sehen, vor Ausbeutung zu schützen und selbst nur in Einklang und Harmonie mit Umwelt und Natur zu leben. In diesen Visionen hatten wir das Ziel, die Welt zu verändern und für eine neue und gleichberechtigte Gesellschaft zu kämpfen, die verbunden war mit dem Anreiz, sich von einem freiheitlicheren Denken anregen zu lassen. In dieser Absicht stellten wir uns den Herausforderungen und hatten ein persönliches Interesse daran, möglichst umfassend gebildet zu sein, um dabei zu sein, mitreden zu können und dazuzugehören. Wir fühlten uns stark. Revolutionäre Gedanken machten sich breit. Alles wurde hinterfragt, viel diskutiert, bis spät in die Nacht. Das Wegtreten von Autoritäten wurde gewünscht. Unsere neuen Vorbilder waren Frauen mit starken Charakteren, die es wagten, andere als die herkömmlichen Lebensmodelle aufzuzeigen, Frauen wie Virginia Wolf oder Simone de Beauvoir. Ihre Veröffentlichungen zeigten uns die »alte« bürgerliche Gesellschaft, in der die Frau nur geringe Möglichkeiten hatte, ihre Persönlichkeit zu entwickeln, ihre Wahrhaftigkeit zu zeigen oder ihre Kreativität auszuleben. So wollten wir eine andere, neu ausgerichtete Lebensform kreieren, eine offenere Lebensgestaltung, die nach mehr Selbstverwirklichung und Selbstbestimmung strebte. Wir forderten in der männlich geprägten Gesellschaft, die selbstverständliche Position des Mannes infrage zu stellen, und waren der Ansicht, dass der Entwicklung und der stärkeren Repräsentation der Frau mehr Gewicht eingeräumt werden sollte. Das angestrebte Ziel war deshalb die absolute Gleichstellung von Mann und Frau in allen Lebensbereichen, soziale Gerechtigkeit und Zugang zu Bildung für alle und damit eine Veränderung zu einschneidenden gesellschaftlichen und politischen Zielen. Emanzipation war das neue Schlagwort. Dabei war die große Freiheit, die wir für uns erreichen wollten, überhaupt das Wichtigste. Wir wollten Gefühle zeigen und uns ausleben dürfen. Es war das geheimnisvolle Zimmer, in dem ich alleine oder mit anderen dieser Welt angehörte. Getreu dem Motto: »All you need is love!« – »Stop! In the name of love!« Tabus wurden gebrochen und übergangen, eigene Maßstäbe gesetzt und die sexuelle Revolution eingeläutet. Die Gedanken an Woodstock repräsentierten die Gesinnung einer ganzen Generation; diese beflügelte, veränderte, erschreckte, empörte uns und ließ uns glauben: »Alles ist möglich!«

War dies die Frage und sollte dies der Grund in meinen inneren Vorstellungen gewesen sein, der alles so überschäumen ließ? Lebe dich aus, bleib nicht zurück, geh mit, lass dich gehen. Lass deinen Gefühlen freien Lauf. Übergib sie anderen Menschen, übernimm sie von anderen. Ihr werdet Zuneigung und Liebe erfahren, die noch nicht einmal in der Unendlichkeit aufhören werden. Ich war wie getrieben und reagierte in einem verführerischen Spiel mit viel nackter Haut, dabei auffallend in der Kleidung durch Minirock oder Hotpants. Und so kam es vor, dass ich hin und wieder, bisher undenkbar, doch jetzt herausfordernd und provozierend gewollt, im spärlichen Bikini einen kurzen Trip, eine Runde durchs Dorf wagte. Alle waren zutiefst schockiert, natürlich die Nachbarn im Besonderen, die mich genau zum gegebenen Zeitpunkt an ihren Häusern vorbeiflitzen sahen. Ich hingegen wollte die bis jetzt fest gefügte

Ordnung aus dem Gleichgewicht bringen, mich nun frei von den sonst üblichen Begebenheiten, Traditionen, Vorschriften und Konventionen bewegen.

Andere machten anders auf sich aufmerksam, mit einem auffallend lockeren und lässigen Outfit im Stil der »Flower Power«-Zeit und wollten sich als Hippies bemerkbar machen. Trugen ganz verspielte und natürlich bunte, chaotische, verrückte, fransige Röcke, im Lagenlook übereinandergeschichtete Kleidung und wirkten dabei fast übertrieben lässig bis ungepflegt mit langen, zotteligen Haaren und dazu ausgelatschten »Jesus-Sandalen«. Dieser Mythos entfaltete sich in Amerika und kam über England nach Deutschland. In Berlin entstanden die von uns gefeierten Kommunen, die die neuen Lebensformen ausprobierten, wild und scheinbar zügellos, mit ständigem Partnerwechsel, die freie Liebe vorlebten und es uns als die alltäglichste Sache darstellten. In London gab es die Flitzer auf den Straßen. So wagte sich auch auf unseren Partys der eine oder andere und huschte ohne Kleidung durch den Raum, sorgte so für ein wahnsinniges Geschrei und Gejohle und verschwand wieder wie ein lustiger Schreck. Aufgewühlt und kritisch diskutierten wir über die Werte und die herkömmlichen Normen und stellten klar, wie wir uns gegenüber der elterlichen Generation abzugrenzen gedachten. Das Rollenverhalten, über das sich die Eltern noch definierten, in dem der Vater Vorbild und Respektperson war, der vor allem erstrangig das Geld verdiente, die Familie versorgte und die Bestimmungen und Regeln festlegte. Die Mutter, die überwiegend für Familie, für Haus, Herd und Kinder verantwortlich war, mit weniger Rechten und meist duldend. Das sollte sich ändern, denn wir wollten mehr Rechte, mehr Chancen, um aufzusteigen, und sahen einer vermeintlich großen Zukunft entgegen. Überflutet mit den vielseitigsten Ideen zu allen Lebensbereichen, angefangen beim Essen, bei dem die traditionelle Küche mit Spaghetti, Pizza und Eis von den Italienern als Wunsch zum Essen mit eingebracht wurde, um das sonst traditionelle Essen variabler zu gestalten, über die Rockmusik, die schnell die Volksmusik bei uns ablöste und die wie Dynamit in unseren Köpfen eine Offenheit proklamierte und keine Grenzen mehr duldete und die, ohne auf Personen und Tageszeiten zu achten, laut und rücksichtslos aufgedreht wurde. Dabei stand doch eigentlich das persönliche Wohlwollen des Einzelnen im Vordergrund. Dass wir eigentlich rücksichtslos vorgingen, bemerkten wir nicht und es war uns egal. Und so bahnte auch ich mir meinen Weg, genau nach meiner Interessenlage, und ging dabei Schritt für Schritt vorwärts. An ein persönliches Scheitern oder gar daran, von jemandem abgehalten zu werden, daran dachte ich nicht. Ich glaubte an mich.

Eine prägende Zeit mit schönen Erinnerungen

Vor allem durch den Großvater erlebte ich eine schöne Kindheit, die sich aus der Situation heraus ergab, dass er in unmittelbarer Nähe lebte. Er war über viele Jahre mein Begleiter und ich hatte in einem engen Miteinander einschneidende Erlebnisse und erfuhr eine tiefe Prägung. An seiner Seite zu sein war für mich besonders wichtig. Der fast tägliche Umgang und das Geschehen beeinflussten mich im Denken wie im Handeln und in seinem Arbeitsleben wurde mir der Umgang mit Mitmenschen aufgezeigt. Schon sehr früh konnte ich an den Bedürfnissen der Erwachsenen orientiert beobachten, wie er das Vergeben und Einteilen von Arbeiten vornahm und wie er die Anweisungen erteilte. Ich lief ihm dabei hinterher und war um ihn herum. Menschen, Arbeit und Kinder liefen dabei »Hand in Hand«. Jeder war ein Teil des Ganzen und du warst dem Teil zugehörig. Die zu verrichtende Arbeit schweißte eng zusammen und jeder fühlte sich dem Mitmenschen gegenüber in Verantwortlichkeit und zur Dankbarkeit verpflichtet. Das gemeinsame Essen, meist nach getaner Arbeit, oft noch auf dem Feld, war dabei eine direkte Belohnung. Dies stärkte die Menschen für den nächsten Schritt und ihre neuen Aufgaben. Gab es eine Arbeit in der freien Natur, wurde der Holz-Leiterwagen gerichtet, die Pferde angespannt und mit dem Großvater saß ich dann wie ein Kutscher vorne voller Genugtuung auf einem Holzbrett auf dem Wagen. Der Großvater schrie »Hü« und »Hott« und »Brrrrr«. Ich dachte oft darüber nach und konnte mir nicht erklären und es nicht begreifen, wie die Pferde dies verstehen konnten. Fuhren wir durch die Hohl »in die Steige«, rauf wie auch wieder runter, war dies eine grandiose Herausforderung für die Pferde, für den Großvater wie auch für mich. Schon mehrere Meter vorher wurden die Tiere angetrieben, um überhaupt die Kraft zu finden, diese Höhe zu überwinden. Die Peitschen knallten und hin und wieder bekam das eine oder andere Pferd was auf den Hintern. Der Wagen knatterte, die Räder holperten über die Steine und den Schotter und es quietschte an allen Ecken und Enden. Es hatte den Anschein, als wolle der Karren auseinanderbrechen. Mit dem Erreichen der Scheitelhöhe ließ die Spannung nach. Noch schwieriger war es, den Berg wieder hinunterzufahren. Schon im Vorfeld hatte ich im Kopf Gedanken, was passieren könnte, wenn es eventuell nicht klappen würde und wenn die Tiere den Karren nicht mehr halten könnten. Oder wenn sie vor lauter Überforderung eventuell durchgehen und wir im vollen Karacho mit der ganzen Chose den Berg hinuntersausen sollten, wir dann hoffnungslos dem Wagen und der ganzen Situation ausgesetzt wären, es kein Halten mehr gäbe und nur noch die Möglichkeit abzuspringen. Ich dachte, ich dürfte niemals nach vorwärts, sondern nur gegen die Bewegungsrichtung springen, um im Gras zu landen. Schon wurden die Bremsen zugedreht, um etwas die Last vom Schub des Wagens und etwas von den Tieren abzunehmen. Rechts ganz und links bis zur Hälfte. Die Zügel fest in der Hand. Mit dem Erreichen des Gespannes in der Gasse blockierten die Räder, schleiften an der Erde entlang und machten ein mächtig tosendes Geräusch, gleichzeitig schrie der Großvater »Brrrr«. Der Weg hatte gerade nur eine Spurbreite. An beiden Seiten ging es steil nach oben. Meter um Meter überwanden wir mit großer Angst und Anspannung diese Strecke. Und ganz erleichternd waren dann die letzten Minuten der Fahrt bis nach Hause.

Der Sonntag war immer ein besonderer Tag. In der guten Stube lag die weiße Decke auf dem Tisch und nur an diesem Tag oder an anderen ausgewählten Tagen wurde darin gegessen. Danach lauschte der Großvater bei absoluter Stille, pünktlich um 13 Uhr, mit geschlossenen Augen und zurückgelehnt in seinen Sessel dem Männerchor. Der Platz neben ihm auf der Sesselkante war mir sicher.

Und die ganze Woche freute ich mich und ließ mich schon darauf hoffen, mit ihm in die Dorfkneipe zu gehen. Geführt von seiner Hand, stolz und in Sicherheit gehörte er mir. So stellte ich ihm »große« Fragen wie: »Warum bist du schon so alt? Warum musst du sterben?«, und wollte nicht wahrhaben, dass es ein Leben auch ohne ihn geben könnte. In dieser kindlichen Haltung war der Gedanke an sein Sterben undenkbar. In gemütlichem Schritt und mit diesen und ähnlichen Gedanken gingen wir durchs Gässle in Richtung Rössle. Ich fühlte mich großartig und ziemlich erwachsen mit all dem, was ich tat, und vor allem deshalb, weil ich dabei sein durfte. Ich konnte so den älteren Herren zuhören, was sie redeten, und dabei Gutes, Schlechtes und Böses erfahren. Dabei war das Knabbern an den Salzstangen die größte Bestätigung meines Dabeiseins. Wurden es mehrere Stunden, konnten es auch mehrere Päckchen werden. Zwischendurch lief ich aus der Kneipe nach draußen und suchte so meine Abwechslung. Sporadisch konnte es vorkommen, dass ein Auto in gemütlichem Tempo vorbeikam. Passierte sonst nicht viel, so kam ich recht schnell wieder zurück und setzte mich zu den Alten und schaute aufs Spiel mit den Karten. Eine Flasche Livella mit Röhrchen und ich fühlte mich dem Kreis zugehörig. Beim Heimgang freute ich mich schon wieder auf den nächsten Sonntag. Ich liebte den Großvater, achtete ihn und blickte bewundernd zu ihm auf. Er lobte mich. Er bestärkte mich in all meinem Tun und Handeln und zeigte mir dabei viel Zuspruch und Anerkennung. Er sagte: »Du hast die Fähigkeiten, eine Bäuerin zu sein, aber auch die Größe und Ausstrahlung, um eine Königin zu werden.«

Und so konnte ich Selbstvertrauen gewinnen, Selbstbewusstsein aufbauen und dadurch innere Stärke entwickeln. Er schenkte mir die Kraft fürs Leben.

Gesellschaftlicher Wandel als große Herausforderung

Die Eltern versuchten dem aufkommenden Wirtschaftswachstum und der gesellschaftlichen Neuorientierung sowie den massiven Veränderungen auf ihre Weise nachzukommen und lösten sich nach und nach aus ihrem bäuerlichen Umfeld und dem dazugehörigen Lebensrhythmus.

Der Vater fand in einem ersten Schritt eine Arbeit etwas weiter vom Heimatort entfernt. Beide, Mutter wie Vater, suchten darüber hinaus alle Möglichkeiten, um zusätzlich Geld zu verdienen, und holten sich sogar zusätzliche Arbeit ins Haus. Ein ständiges Gehen und Wirken. Mit allem Erdenklichen wurde Geld verdient, nur um den wirtschaftlichen Status zu erhöhen. Vor allem, um so schnell wie möglich Wohlstand zu erlangen, zuerst ein Motorrad, ein Haus, dann ein Auto. Der Aufbau des Vaterlandes steckte tief in ihren Knochen. So wie sie erzogen worden waren, nämlich pflichtbewusst zu sein, verantwortlich und arbeitsam zu leben, so gaben sie uns diese Haltung weiter. Und deshalb vermittelten sie auch mir, wer viel arbeitet und leistet, kommt zum Erfolg. Ihre vordringlichsten Bestrebungen galten der finanziellen Absicherung. Der Vater merkte schon früh, dass damit auch die vorgegebenen Normen an Eindruck verloren. Jeder von uns hatte jetzt einen anderen Rhythmus und die Zeitpunkte des Zusammentreffens verschoben sich. Wir konnten nicht immer zur gleichen Stunde Gemeinsamkeiten erleben. Viel Zeit, über kindliche Probleme zu reden, eventuellen Wünschen der Kinder zu entsprechen und Nähe zu geben, war nicht geblieben. Der arbeitsreiche Tag hatte jeden der beiden zu sehr erschöpft. Nur manchmal kurz vor dem Schlafengehen nahm die Mutter sich die Zeit und saß abends einen Moment an meinem Bett, strich mir kurz über die Wangen oder die Stirn und sagte: »Gute Nacht.«

Ein besonderer Abend wurde es, wenn sie dazu das Liedchen »Mamatschi, schenk mir ein Pferdchen« sang.

Der Vater versuchte bei den Mahlzeiten und während des Essens die alten Gewohnheiten aufrechtzuerhalten. Er erwartete, dass jeder pünktlich genau beim gemeinsamen Essen anwesend sein sollte, und forderte dies, wenn es nicht eingehalten wurde, mit geradezu zornigem Verhalten und boshaften Handlungen ein. So kam es vor, wenn ich nach seiner Meinung die Zeit des gemeinsamen Frühstücks überschritten hatte, dass er plötzlich mit einem Schlauch vom Garten her Wasser durch das Fenster in mein Zimmer spritzte und der Wasserstrahl dann auch zielgenau in meinem Bett landete. Mich traf diese »kalte« Ernüchterung wie ein Schock und er signalisierte mir ohne Worte die klare Aussage: »Jetzt ist es Zeit zum Aufstehen!«

Der Vater liebte keine eigenständigen Sperenzien. Auch Schule, zumal eine weiterführende, erachtete er als nicht wichtig. Handwerkliches Können dagegen schon, arbeiten gehen, um möglichst schnell eigenes Geld auf der Hand zu haben, war für ihn viel wichtiger als Bildung. Dieser Fall lag bei der Mutter anders. Sie strebte schon in der Nachkriegszeit eine Ausbildung an und versuchte so den Anschluss an das Großbürgertum zu bekommen. Sie verschaffte sich schon damals ihre Freiräume und machte sich regelmäßig auf zum Singen oder fuhr ins Theater. Frei zu werden war auch für sie schon ein Bedürfnis. Diese neue Zeit vermittelte die Strategie, sich selbst erleben zu dürfen, seinen eigenen Wünschen nachzugehen, auf eine individuelle Weise sich selbst zu erkennen und nach seinem »Ich« zu suchen. Sich in sich gefangen zu fühlen, das war vorbei. Und so scheute ich mich nicht, irgendwann sogar nackt im Garten herumzuliegen. Der Vater reagierte immer verzweifelter und bekam es mit der Angst zu tun. Glaubte schon, dass aus mir ein »Flittchen« werden könnte, und sah bereits die kleinen Kinder in unserer Familie mit aufwachsen. Seine Angst trieb ihn so weit, dass er mir heimlich nachspionierte. Auf meinem gewohnten Nachhauseweg sprang er eines Tages plötzlich aus dem Gebüsch, stand vor mir, baute sich vor mir auf, schrie auf mich ein und wollte mich attackieren. Ich lief dann so schnell ich konnte vor ihm weg. Hatte ich mir mal erlaubt, zu spät und zu fortgeschrittener Stunde nach Hause zu kommen, erwartete er mich ganz verzweifelt in der Küche. Mit einem Armzug streifte er dann aus lauter Ohnmacht und Verzweiflung das noch auf dem Tisch stehende Geschirr zu Boden und zeigte mir so, wie unausstehlich er mich fand. Ich hatte nie das Gefühl, etwas Böses getan zu haben, und konnte und wollte sein Verhalten nicht begreifen.

Die große Liebe in den Jugendjahren ist mir so verwehrt worden. Die Nachbarschaftsorte mit deutlichen Prägungen entweder zu mehr katholischen oder mehr evangelischen Ausrichtungen wurden nicht nur als konfessionelle Trennung wahrgenommen, sondern auch als soziale. Es galt als verpönt, als Katholik mit einem Protestanten zusammenzukommen, und umgekehrt. Lediglich unter »Gleichgesinnten«, also Gleichgläubigen, wurden Freundschaften geduldet. Der kirchliche Druck lastete schwer auf den Familien und es gab keinen Platz für Toleranz. Somit wurde alles Erdenkliche ausgedacht, um dagegen vorzugehen, den vorgegebenen Status zu wahren.

Über Jahre blieb ich alleine mit dieser Sehnsucht nach der großen Liebe, nach dem passenden Menschen und richtigen Partner zu suchen, um die damit verbundenen Vorstellungen und Gefühle zu befriedigen. Wollte dabei viel fühlen in einem gemeinsamen erfüllten Leben, Erlebnisse teilen, eine Familie gründen, eine Wohnung gestalten, die Natur erleben und mich dabei in Zuneigung, Harmonie, gegenseitigem Respekt, Achtung und enger zärtlicher Verbundenheit auf ein Leben in Lust und Freiheit freuen.

Marlene

Mit den Strömungen der Gesellschaft und der in den Vordergrund tretenden Bedeutung von Individualität und Persönlichkeit konfrontiert, befasste ich mich mit der Frage, wie prägt und formt sich der Mensch? Ich wollte nicht mehr fremdbestimmt bleiben, reflektierte meine Handlungen über Träume, Wünsche und Ziele, versuchte dafür Erklärungen und Antworten zu finden, um auch vor mir selbst Rechenschaft ablegen zu können! In diesem Zusammenhang richtete ich ganz persönlich die Frage an mich: Wer bin ich?

Ich mochte mich, meinen Körper, meine Figur, mein Wesen und meinen Geist. Ich fand mich vielleicht ein bisschen zu klein, aber dies war für mich nicht so schwer zu akzeptieren. Ich liebte meinen Bauch und ganz besonders die kleinen Härchen, die sich wie ein Flaum über die Bauchdecke zogen. Meine Beine waren sehr schön gerade gewachsen und muskulös, meine Brüste straff und wohlwollend ausgeformt. Ich war stolz auf mich. Durch viel Bewegung hatte ich ein gutes Körpergefühl und eine positive Einstellung zu mir selbst.

Dies drückte sich vor allem in der aufgerichteten Körperhaltung aus. Jedem, dem ich in die Augen schaute, gab ich zu verstehen, was für eine offene, kämpferische Einstellung ich zum Leben hatte. Mich interessierte alles. Ich machte keinen Unterschied zwischen dem Wissen aus technischen Bereichen, dem aus handwerklichen oder dem künstlerischen und pädagogischen Wissen. Manchmal jedoch, wenn es im Kreise männlicher Studenten um Themen wie Statik, Planung von Häusern und ähnliche Dinge ging und ich zu große Aufmerksamkeit zeigte, wurde mir signalisiert, dass ich mich als Frau aus diesen Diskussionen heraushalten solle. Was mich ärgerte, ich aber nicht mehr akzeptierte wollte. Meine Entwicklung ging dahin, dass ich Unterschiede in dieser Art des Denkens nicht mehr duldete. Mein Geist hatte sich auf einen neuen Weg gemacht. Bei den »Jungen« gab es noch einige vom alten Schlag, auch noch teilweise im Rollenverhalten verbliebene »Alte«, die die Gleichberechtigung nicht wollten. Ich war der festen Überzeugung, dass mir sämtliches Wissen zustand, und so forderte ich es auch uneingeschränkt ein. Meine Gefühle und die Haltung, die ich anderen entgegenbrachte, veränderten und wandelten sich in soziale Verantwortung gegenüber Kindern, Kranken und alten Menschen. Naturverbundenheit war und blieb ein festes Attribut und tiefes Mitgefühl allen Tieren gegenüber wurde mir zu einer wichtigen Mission.

Wechselbad der Gefühle

Mit dem Motorroller knatterten wir die Straße entlang, in der Absicht, ins Grüne zu fahren. Ich saß hinten auf. Wir versuchten uns so in eine gute Stimmung zu bringen. Und nun, kurz nach der Ausfahrt, begann wie so oft das Streiten und das Gerangel. Irgendein belangloses Problem gab den Anlass. Auf dem Roller setzte plötzlich ein Geschrei ein und ein Geschubse begann, sodass wir fast vom Gefährt fielen. Es war nicht mehr auszuhalten. Ich schrie: »Anhalten!«

Mehrere Kilometer von zu Hause entfernt stieg ich vom Roller, ohne mir dabei im Klaren zu sein, wie schwierig es sein würde und was es bedeutete, unter diesen Umständen wieder zurückzukommen. Es war mir völlig egal. Nach Stunden zu Fuß und per Anhalter kam ich völlig zerschlagen zu Hause an und legte mich in mein Bett. Wo er verblieben und was die Nacht über passiert war, bis zu seinem Eintreffen am frühen Morgen, das wusste ich nicht. Ich war mir in diesem Moment sicher, dass ich diesen Mann nie heiraten würde. Doch – unglaublich, aber wahr – gingen wir in völliger Uneinigkeit, weil alles schon geplant und vorbereitet war, zum Standesamt … Und als hätte ich alles nicht wahrhaben wollen und mich irgendwie nicht in der realen Welt befunden, unterschrieb ich mit meinem Mädchennamen. Erst als der Standesbeamte mich aufforderte, das Dokument »richtig« zu unterschreiben, strich ich meinen Namen wieder durch und setzte den des Mannes dahinter. Eine Wahl zwischen dem Geburts- und Mädchennamen und dem Namen des angeheirateten Mannes konnte in der damaligen Zeit noch nicht getroffen werden. Die Frau nahm den Nachnamen des Mannes an.

Die Freundschaft zu ihm, die Jahre zuvor begonnen hatte und wegen einer anderen Liebesaffäre kurzzeitig unterbrochen worden war, um danach wieder aufgenommen zu werden, führte zu einer strikten Aufforderung meines Vaters: »Der wird jetzt geheiratet!«

Der Vater, der für diesen »anderen« Lebensstil mit freiheitlichem Denken keinerlei Verständnis aufbringen konnte und meinen Lebenswandel mit Angst und Argwohn beobachtet hatte, wollte das freizügige Verhalten nicht mehr billigen.

Er fürchtete um den guten Ruf unserer Familie und wollte dem ewigen Hin und Her ein Ende setzen. Er bekräftigte seine Meinung mit den Worten: »Eine Liebe wird mit der Zeit schon wachsen!«

So ließ ich mich darauf ein, ihn zu heiraten.

Kann es gelingen?

Doch trotz Bemühungen gerieten wir durch Streitigkeiten, die aus der Einteilung geregelter Abläufe und Arbeitsteilungen im Haus herrührten, in schier unlösbare Beziehungskonflikte. Über jede Aufgabe, wie wer deckt den Tisch, wer räumt ihn wieder ab, wer spült, wer putzt die Toilette oder wer kocht, konnten wir uns nicht einigen. Und so konnte es vorkommen, dass über mehrere Tage hinweg keiner irgendetwas anrührte und sich in der Küche ganze Berge von Geschirr türmten, die Toilette vorne und hinten verpinkelt war, was sicher nicht an mir lag, da ich sowieso grundsätzlich der Meinung war, dass Männer sich gefälligst auch auf die Schüssel setzen sollen. In allen Ecken lagerten Staubflocken und die Teppiche waren übersät mit Fusseln. Die Angelegenheit wurde dann derart dramatisiert, dass ständige Diskussionen und Klärungsversuche mit zur Tagesordnung gehörten. In der Idee, eine emanzipierte Partnerschaft zu führen, schaukelte sich der Streit so lange hoch, bis einer von uns beiden einen Zorn bekam, dann in der Wut, und weil es ja sowieso irgendwann getan werden musste, ich aufgab und die Arbeit verrichtete und den anderen dabei haltlos beschimpfte. Mit solchen nicht zu klärenden Konflikten konnten wir nicht zueinanderfinden.

Ich hatte einen Freund, aber keinen Geliebten. Deshalb wollte ich aus der Beziehung wieder ausbrechen und mir eine andere Welt vorstellen, in der sich Verlust und Nähe und Liebe wieder relativieren sollten, und wünschte mir als einen möglichen Neuanfang … ein Kind.

Der ersehnte Wunsch

Ich konnte mein Glück kaum fassen, ein Kind unter meinem Herzen. In meinem Kopf wirbelten die Gedanken nur so durcheinander und schienen mich nahezu zu überfluten. Ich jubelte und begutachtete mich im Spiegel und sah einer strahlenden, gut aussehenden jungen Frau entgegen, die sich immer wieder zärtlich über ihren Bauch streicht. Von den Gefühlen getragen und den Träumen und Wünschen unglaublich motiviert, wollte ich alles richtig machen.

Dieses Kind und ich. Es sollte ein Neuanfang werden, sollte die tiefe Leere füllen, die mich schon wenige Jahre nach meiner Ehe beschlichen hatte und nicht mehr weichen wollte, die aus Wünschen und Träumen herrührte und mich in einer Illusion gefangen hielt.

Ein Traum wird zum Albtraum

Der Wecker klingelt, der mich in den Tag hineinreißen wird. Unbarmherzig der Moment, ganz egal, wie zu dem Zeitpunkt die innere Empfindung ist, ob energiegeladen, freudig, gesund oder krank. Hinausgeworfen aus dem warmen Dunkel und in den Tag hineingestellt. Dafür bist du geboren. Ich liege auf dem Boden, das Ohr fest an den Stein gepresst, um zu hören, was mir das Innere sagen und zuflüstern möchte. Des Menschen Anfang ist eine Offenbarung. Offenbarung durch den Stoß, den Druck und den Widerstand. In Unvernunft aufgenommen und in Unvernunft ausgestoßen. Hier ist dieser Leib. Was kann ich mit ihm anfangen oder was wird mit ihm angefangen? Ein Geschöpf, das Leben will. Egal was mit ihm passieren wird. Komm, versuchen wir es. Gib ihm, dem Kind, einen Namen.

Es wird schön sein, gut, intelligent …warum nicht! Lernen, sich zu bewegen und zu denken. Es ist alles vorbereitet, vielleicht nicht genug. Aber genug, um das Leben mit ihm aufzunehmen. Es ist so, weil es so sein soll. Es gibt keine Zweifel!!!

Aber jetzt, die bittere Realität!
 Ein Riesenschreck!
Das Laken im Umkreis des Beckens dunkel bis hell-

rot verfärbt. Blut, alles ist voller Blut. Ein Albtraum? Nach einer Untersuchung wenige Tage zuvor hatte mir der Arzt noch den Hinweis gegeben, es könne ein wenig Blut austreten, aber zu beunruhigen bräuchte ich mich deshalb nicht …

Und jetzt?!

Das waren ja wohl mehr als nur ein paar Tropfen! Es war kurz nach Mitternacht und keiner war greifbar. Völlig rat- und hilflos flehte ich in mich hinein … helft mir doch! Das hellrot verfärbte Blut deutete auf neue, frische Blutungen hin. In mir reifte der Entschluss, den Arzt doch irgendwie zu erreichen. In jenen Tagen gab es noch nicht in allen Häusern Telefon. So quälte ich mich aus dem Bett, zog eine warme Jacke über und lief zur nächsten Telefonzelle. Die Dame am anderen Ende der Leitung war unfreundlich, zweifelte an meiner Schilderung und verwies mich mit kurzen Worten auf den nächsten Tag. Ich fühlte mich gekränkt und unverstanden. Trotzdem tat ich das, was die sogenannte Obrigkeit mir vermittelte: es einfach hinnehmen und mich wieder in mein Bett legen, ganz ruhig, ohne große Bewegung. Dabei wurde mir bewusst, dass ich noch am späteren Nachmittag den ungewöhnlichen Einfall gehabt hatte, alles zu putzen. Eine innere Stimme mich aufgefordert hatte, das ganze Haus von oben bis unten zu reinigen. Alles, was irgendwie umherstand, fand seinen Platz oder es wurde eine andere gestalterische Veränderung vorgenommen. Eigenartig, da ich ja sonst nicht die reinigungsfreudigste Person war. Doch hatte ich zu diesem Zeitpunkt dafür keine Erklärung.

Und weiter schossen mir ununterbrochen die schrecklichsten Gedanken durch den Kopf …

»Was könnte jetzt alles mit dem Kind passieren?«

Immer wieder verdrängte ich solche schrecklichen Überlegungen und harrte tapfer aus. Ich blickte ständig auf die Uhr und wägte ab, was zu tun sei. Plötzlich ein eigenartiges Gefühl in meinem Körper. Irgendetwas bewegte sich in unregelmäßigen Abständen in mir, dann, nach einer gewissen Zeit, regelmäßiger. Der Bauch wurde fester und entspannte sich wieder. Dass dies eventuell mit Wehen zu tun haben könnte, wurde mir erst klar, als ich einen gewissen festen Rhythmus erkennen konnte. Augenblicklich fasste ich den Entschluss loszugehen. Um fünf Uhr in der Frühe ließ ich mich von meinem fast unbeteiligten Ehemann mit dem Auto zur Klinik bringen. Mit dabei mein heiß geliebtes Hündchen Bärli und meine Wochenbetttasche. Während der Fahrt musterte ich ihn immer wieder von der Seite und dachte: »Und das ist jetzt der Vater meines Kindes?«

Er war mir irgendwie fremd geworden. Tränen liefen mir über das Gesicht. Ich fühlte keinerlei Kontrolle mehr über mich, wo ich mich doch sonst immer so stark gefühlt hatte. Armselig und hilflos begab ich mich in die Hände der Schwestern.

Welche Chancen hat das Kind?

Jetzt schon Wehen? Noch 13 Wochen bis zum errechneten Geburtstermin! Kann das gut gehen? Das Kind war noch winzig klein, kaum Überlebenschancen, waren meine Gedanken. Ein Frühchen, das sofort beatmet und künstlich ernährt werden musste? Das zu geringe Gewicht … die fehlende Lungenreife … Vermutlich zu schwach. Der Arzt wurde verständigt, ich sollte mich ausziehen und auf dem Untersuchungsstuhl Platz nehmen. Eilig schoben die Schwestern Apparate herbei und stellten sie sichtlich beunruhigt an meine Seite. Ich hatte keinerlei Zeitgefühl mehr und wusste nicht mehr, in welchen Abständen sich der beginnende Geburtsvorgang vollzog. Doch die Schwester, die bei mir geblieben war, schrie ständig: »Nicht pressen, tief durchatmen, ruhig bleiben. Entspannen!«

Dann endlich traf der Arzt ein und am Tonfall konnte ich erkennen, wie mürrisch er war. Scheinbar viel zu früh am Morgen und durch die Notrufzentrale aus dem Schlaf gerissen, ging es mir durch den Kopf. Aber dann machte ich mir darüber keine weiteren Gedanken, schließlich war das, was mit mir und meinem Kind geschah, eine Notlage. Ein Teil des Fruchtwassers war bereits abgegangen, so die erste Diagnose. Die Wehen hatten eingesetzt.

Etwas musste geschehen. Einem Kind Ende der 26., Anfang der 27. Schwangerschaftswoche gab man kaum Chancen und es galt als nicht überlebensfähig. In der Gesamtentwicklung, besonders im Hinblick auf die Lungenreife, war der Säugling nicht gut genug entwickelt, um ohne Hilfe außerhalb des Mutterleibes überleben zu können. Inzwischen war dem Arzt der Ernst der Lage bewusst und auch ich hatte längst begriffen, dass es jetzt um die Rettung meines Kindes ging. Die Wehentätigkeit sollte nun mit Spritzen in den Bauch unterbunden werden. Vor allem musste Zeit gewonnen werden, um dem Kind mehr Möglichkeit zum Ausreifen zu geben und die Geburt hinauszuschieben. Jeder weitere Tag im Mutterleib wirkte sich auf das Ungeborene in der weiteren Entwicklung positiv aus – jede Stunde, jede Minute zählte.

Mein Organismus jedoch, der sich bereits auf die Abstoßung des Fötus eingestellt hatte, wurde jetzt durch Medikamente gezwungen, den vorherigen Zustand wieder herzustellen. Ein schmerzhafter Vorgang. Ich war völlig auf mich alleine gestellt und hätte am liebsten einen Hilferuf an meine Mutter ausgestoßen! Tränen der Hoffnungslosigkeit, der Angst und des Schmerzes liefen mir aus den Augen und über die Wangen. Die Schmerzen wurden immer schlimmer, das Stechen im Bauch unerträglich. Es waren Schmerzen, die ich so vorher nie kennengelernt hatte. Aber ich wollte ausharren und es durchstehen.

Inzwischen lagen die genaueren Untersuchungsergebnisse der Blutwerte vor. Wegen des zu hohen Blutverlustes mussten Bluttransfusionen durchgeführt werden, um die gefallenen Hb-Werte zu erhöhen und das eiweißhaltige Blutplasma wieder aufzubauen. Ich bekam nochmals eine Spritze und eine nächste und wieder waren höllische Schmerzen zu ertragen. Danach sollte sich laut Prognose der Bauch beruhigt haben und Ruhe einkehren.

Eine andere Welt

Gegen Abend wurde ich kommentarlos in ein Zweibettzimmer geschoben, das mit einer weiteren Schwangeren belegt war. Völlig erschöpft und fertig, war mir im Moment die Ruhe das Wichtigste und ich versuchte einzuschlafen. Nach Essen und Trinken war mir nicht zumute. Zwischendurch hatte ich mitbekommen, dass jemand nach mir gefragt hatte, aber auch das interessierte mich nicht. Ich wollte mich auf niemand anderen einstellen, aber nach Bärli hatte ich Sehnsucht. Hätte gerne gewusst, wie es ihm geht. Gegen Mitternacht kam die Schwester vorbei und fragte, ob alles in Ordnung sei, brachte mir etwas zu trinken und eine Tablette und ging wieder. Und während ich so dalag, kamen mir die Gedanken, inwieweit ich im Voraus schon meine Vorbereitungen getroffen hatte.

Sogar den Kinderwagen hatte ich gekauft, eine »Karosse«, mit dunkelblauem Stoff ausgeschlagen, mit hohen großen Rädern und dünnen Speichen, ein richtiges Geschoss, ein wahres Prunkstück eines Kinderwagens. Auch das Bettchen, mit dem ich mich schon Jahre vorher beschäftigt hatte, war ein kleiner Traum. Alles, was ich wählte, erfüllte mich mit Stolz, und sowieso wollte ich nur das Schönste und das Beste haben …

Als ich mit 18 Jahren für einige Zeit als Au-pair-Mädchen bei einer Adelsfamilie in Frankreich lebte, beeindruckte mich dieser Lebensstil nachhaltig. Deren klar definierte Tagesabläufe, bei denen das gemeinsame Essen stets den Höhepunkt darstellte. Alle, die mit im Haus lebten, von den Großeltern bis zu den Enkeln und den Bediensteten, versammelten sich zum Essen an einem riesigen Tisch. Jeder hatte am Tisch seinen eigenen Platz und Stuhl und wartete so lange dahinter, bis die Hausherrin den Raum betrat, sich hinter ihren Stuhl stellte, sich setzte und somit auch allen anderen damit gestattete, Platz zu nehmen. Mit den ganz kleinen Kindern, die noch nicht selbstständig essen konnten, ging man zuvor in die Küche, um sie zu füttern und sie danach schlafen zu legen. Erst dann verging für die Erwachsenen eine Zeit von mehr als zwei Stunden, in der vom Aperitif über die Vorspeise bis zur Hauptspeise bis hin zum Kaffee im Salon das Essen im Mittelpunkt stand. Die Herrin des Hauses bestimmte Anfang und Ende und die einzelnen Gänge. Erhob sie das Besteck, begann das Essen, legte sie es wieder zur Seite, sollte man beenden. Alles hatte sein genaues Ritual und seine Regel. Wie sitze ich korrekt am Tisch? In welcher Reihenfolge wird wie gegessen? In welcher Haltung nehme ich das Besteck in die Hand? Wie führe ich es zum Mund? Wann und zu welchem Gang wird was getrunken? Ich war dabei sehr beobachtend und aufmerksam. Während des Essens wurde über persönliche Dinge, über das Tagesgeschehen oder über weltpolitische Themen gesprochen. In beeindruckender Weise blieb mir vor allem der respektvolle Umgang der Erwachsenen mit den Kindern in Erinnerung. In ruhiger, besonnener Art wurde das gewünschte Verhalten eingefordert. Selbst ein Nein wurde mit Liebe und Klarheit so zum Ausdruck gebracht, dass es für die Kinder einsichtig war. Nicht autoritär und streng, wie ich es gewohnt war, sondern ganz natürlich und liebevoll, aber sehr nachdrücklich! Auch das wunderschön eingerichtete Haus in den einzelnen Details der ausgestalteten Räume beeindruckte mich. Ich fühlte mich wie eine Prinzessin.

Auch mein Kind sollte in einer barocken Wiege liegen. Jahrelang suchte ich nach einer solchen in sämtlichen Antikläden. Am Ende wurde es ein kleines Holzbettchen mit einer gelben Sonne und der Spieluhr am Kopfende und von meiner Mutter eigens genähten Laken und Bezügen.

Die Nacht der Ernüchterung

Die Nacht war sehr unruhig. Mehrmals wachte ich auf. Erstmalig um 23 Uhr, dann mit einem Abstand von ungefähr einer Stunde, dann halbstundenweise und erneut um drei Uhr durch den ständigen Drang, die Toilette aufsuchen zu müssen. Viel Urin kam dabei nicht, aber ein Gefühl, etwas hinausdrücken zu wollen. Selbst die routinemäßig vorbeischauende Schwester, die ich darüber in Kenntnis setzte, erkannte keine Gefahr. Doch meine Bettnachbarin beunruhigte sich zunehmend über mein seltsames Verhalten und reagierte böse und plötzlich auch sehr energisch. In einem forschen Ton sagte sie: »So etwas ist doch nicht normal, so kann das nicht weitergehen!« Dann klingelte sie der Schwester und forderte sie auf, endlich abklären zu lassen, was hier los sei. Wieder drückte ich ein paar Tropfen in die Toilettenschüssel und legte mich ins Bett. Plötzlich ertönte durch den Zimmerlautsprecher der Aufruf, ich solle mich für eine Untersuchung bereithalten. Dann die Feststellung mit der erschreckenden Diagnose, dass das Fruchtwasser abgegangen war und das Köpfchen sich bereits in das Becken geschoben hatte, der Muttermund geöffnet sei und somit keine Chance mehr bleibe, das Kind weiterhin im Mutterleib zu halten. Jetzt gab es kein Zurück mehr. Trotz versuchter Unterdrückung der Wehentätigkeit durch das Einsetzen von Medikamenten war die Geburt weiter fortgeschritten. Innerhalb weniger Minuten waren alle verständigt und ich lag ich im Kreißsaal auf einer Bahre in der damals üblichen Atmosphäre der Achtzigerjahre mit weißen Wänden und grünen Kacheln.

Es gibt kein Zurück

Jetzt wollte man die Geburt mit einer Infusion so schnell wie möglich einleiten.

Zwei Hebammen waren um mich besorgt, eine erfahrene ältere Frau und eine etwas jüngere. Die Ältere gab die erforderlichen Anweisungen und wie der Ablauf einzuhalten sei. Die Jüngere hatte ihre Aufgabe in der Assistenz. Sie äußerte sich immerzu in Spekulationen über den eventuellen Zustand des Kindes. Wird es überhaupt ausgereift, wird es lebensfähig sein, wird es atmen können? Welch ein taktloses und unverantwortliches Verhalten mir gegenüber. Beide waren sich sehr uneinig, inwieweit eventuelle Vorbereitungen getroffen werden sollten, wenn das Kind doch Lebenszeichen von sich geben sollte …

Sehr überzeugend und entschlossen sagte dann die Jüngere: »In der 27. Woche hat das Kind doch sowieso keine Chance!«

Die Wehen hatten in immer kürzer werdenden Abständen eingesetzt. Eine Spritze wurde noch gegeben, dann wurde der Dammschnitt gesetzt. Wieder Unsicherheit bei der älteren Hebamme. Und wenn es doch lebt? Wir rufen vorsorglich lieber einen Krankenwagen. Kurz danach hörte man aus der Ferne das Signal des Einsatzwagens, das Martinshorn. Und einige Minuten später warteten die zwei Fahrer des Rettungswagens wie Türsteher vor einer Bar am Kreißsaal auf das Ankommen des Kindes. Dann ging alles sehr schnell, ein Schrei … das Kind lebte! Gegen zwei Uhr in der Nacht war es geboren. Für alle überraschend, deshalb wurden keine Überlegungen angestellt und ohne zu zögern das Kind intubiert, in ein Thermotuch eingewickelt und mit Blaulicht zum Kinderkrankenhaus abtransportiert. Direkt aus der Geborgenheit des warmen Mutterleibs gerissen und von einer Minute zur anderen der Kontakt unterbrochen.

Erwachen in einer bitteren Realität

Kurz nach der Geburt war ich in einen Dämmerschlaf gefallen, und erst auf die Aufforderung hin, ich solle von der Gebärliege heruntersteigen und mich in mein Bett begeben, wurde mir die Lage wirklich bewusst und ich begriff: Mein Kind, es war weg! Es konnte mir nicht an die Seite gelegt werden, ich konnte es nicht in meine Arme schließen, wir konnten unsere gegenseitige Körperwärme nicht fühlen und unsere vertrauten Laute nicht hören. Das gab mir einen Stich ins Herz. Dass dieses Entreißen aus der mütterlichen Obhut in diesem Entwicklungsstadium für ihn gesehen vieles bedeuten konnte, war unumstritten. Das Frühchen war schwach und unfertig und durch die Situation in höchstem Masse überbelastet. Sicher waren die Schwestern und Ärzte auf der Kinderstation auf dieses unfertige Wesen vorbereitet und würden alles Notwendige tun. Ich fühlte aber, dass vor allem die Nähe zur Mutter, die Liebe und Geborgenheit überlebenswichtig waren, um wachsen und reifen zu können, genauso wie eine medizinische Versorgung. Seelisch fand ich somit eine grausame Realität vor, und so sah ich die Trennung als das schwerwiegendste Problem an, das es zu überwinden galt. Darüber zu reflektieren und welche Folgen daraus erwachsen könnten, dazu war zu diesem Zeitpunkt niemand bereit, außer mir!

Die Milch war mir in die Brust eingeschossen und musste nun abgepumpt werden. Auf dem schnellsten Wege sollte sie zum Kind gebracht werden. Die hygienische Komponente, die es dabei zu berücksichtigen galt, hatte ich vollkommen übersehen. Denn wird nicht in hygienisch einwandfreie Gefäße abgepumpt, könnte eventuell eine Infektionsgefahr für das Kind entstehen und es könnten Keimübertragungen von einer zur anderen Klinik stattfinden. Da dieses Risiko den Kliniken einfach zu hoch ist, wurden diese Wünsche grundsätzlich untersagt. Aber ich wusste, es wäre das Beste für den Kleinen und die natürlichste Möglichkeit, ihn zu stärken und die Immunkräfte aufzubauen. Ganz gleich, wie stark meine Mutterliebe auch ohne Anwesenheit war, ich wollte an ihm festhalten, denn das Band zwischen Mutter und Kind währt ewig. Ich grübelte und grübelte und war darüber traurig, dass die Idee durch die Gabe der Muttermilch als einzige Möglichkeit des Kontaktes zu meinem Kind nun auch nicht gegeben war.

Wer fängt mich auf?

Ich war sehr verzweifelt und suchte Trost.

Zum Glück bekam ich Besuch und in Begleitung war mein Bärli, mein geliebter Hund mit dabei. Im unteren Foyer des Krankenhauses begegneten wir uns und gingen nach draußen. Es gab mir ein gutes Gefühl, mit Bärli zusammen zu sein. Schon als Kind fühlte ich mich von Tieren angezogen. Eine tiefe Verbindung bestand zu Nelly, einer Hündin, die neben unserem Haus fest verankert, ständig angeleint, in ihrer Hütte lebte. Eine Mischlingshündin mit glattem schwarzen Fell und weißen Flecken an Brust und Pfoten. Jeden Tag ging ich an ihr vorbei, wollte sie berühren, streicheln und mit ihr in Kontakt treten. Ich liebte sie mit der ganzen Kraft meiner kindlichen Seele. Es war schon immer mein Wunsch gewesen, ein Tier in unmittelbarer Nähe zu haben. Aber dies zu äußern, zu zeigen oder gar den Mut aufzubringen, Nelly von der Leine zu nehmen und dies dem Vater gegenüber zu vertreten, war für mich nicht vorstellbar. Wenn ich nachts aufwachte, kletterte ich manchmal auf ein Schränkchen in meinem Zimmer, um sie zu sehen. Und als sie Junge bekam, freute ich mich mit ihr über die Welpen. Schon früh am Morgen schlich ich mich zu ihr hinunter und nahm eines der Jungen zu mir ins Bett.

Natürlich durfte der Vater dies alles nicht bemerken, sonst hätte es riesigen Ärger gegeben, dem ich niemals hätte standhalten können. Dieses wohl eher distanzierte Verhältnis zu Tieren hatten auch andere Menschen in dieser Generation. Tiere wurden aus wirtschaftlichen Erwägungen, zum Schlachten oder zum Schutz gehalten. Mir jedoch bedeutete mein Bärli oft mehr als alle anderen Menschen in meiner Umgebung. Er war mir in vielen traurigen und freudlosen Situationen meines Lebens ein warmer, anschmiegsamer und immer treuer Begleiter.

Eine Begegnung mit großer Hoffnung

Mein Kind war geboren, mit einem Geburtsgewicht von 930 Gramm. Ein dramatischer Anfang für uns beide. In mir wuchs das Bedürfnis, mein Kindchen zu hegen und zu pflegen und ihm Liebe zu schenken, und so hoffte ich in meiner Autonomie als Mutter Hingabe, Glück und Liebe erleben zu dürfen.

Sehnlichst erwartete ich den Tag, an dem ich entlassen werden sollte, um ihn endlich zu sehen und berühren zu dürfen. Als ich das erste Mal vor der Tür stand, war ich ganz aufgeregt und verspürte zwiespältige Gefühle.

In einem Vorraum musste ich einen Kittel, eine Haube und Schuhe überziehen, die Hände waschen und einen Mundschutz anlegen. Die Schwestern führten mich über einen Flur in einen Raum, in dem etwa fünf bis sechs Frühchen in Inkubatoren lagen. Oberhalb an der Wand waren auf Ablagen Monitore angeschlossen und jedem Kind ein Gerät zugeordnet, das wiederum mit verschiedenen Schläuchen verbunden war. An jedem Bettchen war ein Schild mit dem Namen angebracht. Daraufhin zeigte die Schwester auf mein Kind und sagte: »Hier ist es!«

Ganz erschrocken und wie gelähmt, von der Situation überwältigt, stand ich da und sah dieses

Kind. Es war mein Kind. Mir stockte der Atem. So fassungslos klein. Ach, du lieber Gott! So etwas ist lebensfähig? Eigentlich nicht – und doch, es lebte. Der winzige Körper leicht gebeugt, um das Becken eine kleine und gleichzeitig viel zu große Windel, die Augen geschlossen und ganz regungslos. Getrennt durch eine Scheibe, war das Kind zwischen all den Kabeln und Schläuchen kaum zu erkennen. Durch eine Nasensonde wurde es künstlich beatmet, durch das andere Nasenloch führte eine Sonde die Nahrung direkt in den Magen.

Die Händchen waren gerade mal so klein wie eine Fingerkuppe. Der kleine Körper schien knöchern, ausgemergelt, die Haut durchscheinend gläsern. Jedes Ärmchen und jedes Füßchen war seitlich herausgelegt und einzeln festgebunden, sodass keine Berührung der Glieder untereinander stattfinden konnte. Alle Schläuche hätten sich durch die Hände und Füße miteinander verwirren und das Kind sich so aus Versehen extubieren können. So wäre dann eine größere Katastrophe entstanden! Für alle ein großer zeitlicher Aufwand und obendrein eine hohe Belastung und Anstrengung für das kleine Lebewesen. Oberhalb der Stirn war eine Spritze mit Gips fixiert, durch die eine Infusion in den Kopf geleitet wurde. Vor so viel Apparatur schreckte ich im ersten Moment zurück.

Doch so lag es da, klein wie eine Hand, eingehaucht mit Leben.

Dann kam plötzlich im Rückblick der Gedanke an den Moment, als die Schwester sagte: »Wenn es doch lebt!« Dann der erste Schrei und die Entscheidung, das Kind zu intubieren. Fatal, denn das Intubieren stellte sich im Nachhinein als zusätzliches Risiko heraus. Keine dieser Personen wollte wahrhaben, dass die Natur vorbereitet war. Die Folge war eine Überreizung und eine Entzündung in den Lungenbläschen. Alveolen fielen in sich zusammen und verklebten und der Sauerstoff konnte nicht aufgenommen werden, keine Bluterneuerung stattfinden. Nur ein geringer Teil, nur durch das gemachte Röntgenbild sichtbar, war noch intakt.

Kontakt und Nähe sind das Wichtigste

Nun war ich gekommen, um Kontakt zu meinem Kind aufzunehmen, und war entschlossen, die Klappen zum Inkubator zu öffnen, eine Öffnung für die rechte, eine Öffnung für die linke Hand. Ganz vorsichtig streichelte ich meinem Kind mit dem Zeigefinger über die Brust, dann über die Ärmchen und flüsterte leise: »Mama ist hier, ich bin es, deine Mama.«

Nach einer gewissen Zeit hielt ich das Füßchen fest, winzig klein und so wundersam weich. Zwischendurch piepste der Monitor und die Schwestern kamen, um nachzuschauen und zu kontrollieren. Unentwegt pusteten die Maschinen. Zu diesem Zeitpunkt hatte ich noch keine konkreten Einblicke in die differenzierten Zusammenhänge der verschiedenen Geräusche und in die Aufzeichnungen der Monitore. Ich hielt die ganze Zeit irgendwie Kontakt mit dem Körper und verbrachte so jeden Tag viele Stunden, bis sich die Schwestern irgendwann die Bemerkung erlaubten: »Haben Sie zu Hause nichts zu tun?« Etwas gekränkt zwar, aber gleichzeitig auch gleichgültig, ignorierte ich den Spruch. Die schnelle Trennung gleich nach der Geburt bereitete mir mental immer noch große Mühe. Somit war ich der festen Überzeugung, dass ich in dem Moment genau das Richtige und auch das Wichtigste tat, nämlich dem kleinen neugeborenen Kind Sicherheit und Geborgenheit zu vermitteln, denn während der Schwangerschaft hatte sich mein Bewusstsein nach und nach verändert. Mit dem Tragen des Kindes in meinem Bauch fühlte ich eine große Verantwortung in mir wachsen sowie Begeisterung und Befriedigung zugleich. Es wurde mir klar, dass sich allmählich in meinem Gehirn ein neuer Reifeprozess vollzog und dass meine emotionalen Handlungen, freudiges wie trauriges Erleben, in allem, was ich tat, unmittelbare Auswirkungen auf die Entwicklung des Kindes haben würden, sodass ich meine Lebensgestaltung zum Wohle meines Kindes, aber auch zu meinem eigenen Wohle auszurichten begann. In meiner Fürsorglichkeit versuchte ich während der gesamten Schwangerschaft keine Fehler zu machen, verneinte strikt Alkohol oder Drogen, achtete auf gesundes Essen, angemessene Bewegung und viel Schlaf. Doch manchmal erzeugten auch Ängste und Unsicherheiten einen negativen Druck in mir, vor allem beispielsweise das Autofahren. Bei größerer Gefahr konnte so plötzlich eine Hysterie aufkommen, aber auch bei unspektakulären Begebenheiten. Vor allem die Angst um die Zukunft. »Hoffentlich ist das Kind gesund«, war einer meiner häufigsten Gedanken.

Die »kleine« Freiheit

Doch dann, ganz entgegen meiner Einstellung, kam es gleich nach der Geburt zur ersten ungewollten Trennung zwischen mir und meinem Kind. Eine für mich tragische Tatsache, da ich der Überzeugung war, dass diese erste, engste und wichtigste Verbindung des Kindes für das Leben bestimmend war. Ein Kontakt, der sich bereits über Monate im Mutterleib vollzogen und aufgebaut hatte und noch Jahre später wie in einer Art symbiotische Verbindung halten und eine Verlässlichkeit signalisieren sollte. Ein Anspruch, auf welchen sich das Kind verlassen kann, damit seine Bedürfnisse befriedigt werden. Dieses Band war bereits unterbrochen, es war gestört … Ein bedrückender Gedanke. Ich wollte es mir nicht ausmalen, wie das enorm wichtige Urvertrauen des Kindes zu mir wieder aufgebaut werden sollte. In diesem Bewusstsein kämpfte ich um jeden Moment, wenn ich der festen Überzeugung war, es könnte einen bedeutungsvollen Schritt mehr für ihn in der Entwicklung in eine »kleine Freiheit« geben, der ja total abhängig war vom Wohlwollen seiner Umgebung.

Bereits nach einigen Tagen hatte ich mehr Sicherheit entwickelt, schöpfte Mut, fasste einen Plan und fragte die Schwestern, ob sie mir gestatten würden, in der Zeit, in der ich anwesend war, die angebundenen Ärmchen und Füßchen von den Fesseln zu lösen. Sie wollten dem nicht zustimmen und gaben mir zu verstehen, dass diese Idee leichtsinnig sei und dass sie mir die Verantwortung für eine eventuelle Konsequenz nicht übertragen könnten und es auch nicht wollten. Mein Gefühl zu helfen war aber zu stark. Mir der schwierigen Lage voll bewusst, alles genau beobachtend, voll konzentriert, keine Reaktion durfte mir entgehen und kein Fehler passieren, löste ich ganz vorsichtig die Bänder.

Diese Wochen waren für mich eine große Herausforderung, es war ein ständiges Auf und Ab. Die Gefühle zu meinem Kind schwankten angesichts der schwierigen Situation zwischen Sorge, Angst und fürsorglicher Liebe hin und her. Und meine Seele hoffte und in meinem Innersten flehte ich, was durch die christliche Erziehung meiner Eltern an mich weitergegeben worden war, der Wunsch nach Gnade …

Wer schenkt seelischen Beistand?

Denn so oft, oder eigentlich fast immer, sucht der Mensch in der Hilflosigkeit, Ohnmacht oder Angst Unterstützung vom Himmel, am besten gleich beim lieben Gott oder anderen Wesen, oder er orientiert sich an anderen geistigen Inspirationen, mit denen man in der erhofften Sache »verhandeln« kann. Er sollte einen Blick auf die Geschehnisse werfen. Das Alte Testament bietet dafür seine Geschichten, die in der Kindheit durch Erzählungen im Religionsunterricht oder von den Eltern bei besonderen Begebenheiten weitergegeben wurden. Sie stellen uns in Gleichnissen ähnliche Situationen vor und geben uns somit eine Parallele zum Alltäglichen. Jede Hilfe wurde gebraucht, geschickt und auch angenommen, eine Antwort, wie konnte es auch anders sein, die vom Himmel kam … »Daniel«, so sein Name. Er musste zwar nicht gegen Löwen kämpfen, aber er hatte ein anderes schweres Ziel vor sich. Er sollte Stärke entwickeln, um einem geregelten Leben auf Erden nachgehen zu können. Das Symbol, das sich mit diesem Namen verbindet, sollte eine stetige Begleitung werden, eine Hilfe auf seinem Weg und gleichzeitig Schutz und Schwert. Ein Glaube, der alles zu überwinden vermag und Zuversicht schenkt, Hoffnung und der Wille nach

Gelingen. Alles wird gut werden!!! Ein Name wie ein Omen!

Eine Zusage wird zum Versprechen

In meiner Hoffnung und dem barmherzigen Glauben an uns beide war ich mir sicher, dass er es schaffen würde. Diese innere Überzeugung stärkte mich, gab mir Kraft, Mut und viel Geduld. Es war wie ein Versprechen, wenn ich zu ihm sagte: »Du bist nicht allein, meine Hilfe und meinen Beistand werde ich dir geben, solange du das brauchst.« Aber alles war irgendwie ungewiss …! Manchmal sah die Haut fast grau und durchsichtig aus und er lag wie benommen da. So stellte sich immer wieder die Frage, wie lange kann er so noch beatmet werden?

Das machte mich ungeduldig und ich drängte auf eine Lösung. Doch ein aufgetretener Hepatitis-Virus brachte diesen Gedanken erst einmal völlig aus dem Blickwinkel. Oft lag er regungslos im Inkubator. Arme und Beine wie eingefallen, der Hals ganz faltig. Die Nieren bauten langsamer als erwartet die Medikamente ab. Das sprengte so manches Wissen im Ärzteteam und man war nicht sicher, wie weiter vorzugehen sei. Angst kam auf. Die Haut wurde gelb, der Stoffwechsel funktionierte nur bedingt. Die Nahrungsaufnahme und die Verdauung waren gestört, und somit reduzierte sich auch das Gewicht.

Erstrangig war jetzt, durch Antibiotika die Infektionen der Leber in den Griff zu bekommen. Jeder

Tag war spannungsgeladen und aufregend zugleich. Wenn ich vor der Türe stand, konnte ich gleich beim ersten Blick wahrnehmen, wie die Lage einzuschätzen war. So gab es Tage, an denen alles aussichtslos schien und die Frage im Raum stand, ob er es überhaupt noch schaffen könnte. Die Schwestern sagten mir oft schon an der Tür, es sei sehr kritisch, auch der Tod wäre möglich. Aber das wollte ich nicht hören und auch nicht annehmen. Ich stürzte dann sofort an den Inkubator, hielt meinen Mund an die Öffnung und rief hinein: »Daniel, Daniel, ich bin hier.« Ich drückte meine Hand auf seinen winzigen kleinen Körper, abwechselnd auf die Brust, den Kopf, wieder auf die Brust. Immerzu und ständig abwechselnd. Machte Laute in verschiedenen Höhen und Tiefen. Summte vor mich hin und sang kleine Melodien wie ein beruhigendes, sanftes Wiegenlied, immer mal wieder.

Notwendige Torturen

Die Kontrollen der Blutwerte fanden halbstündig und bei akuter Verschlechterung der Lage auch in kürzeren Abständen statt. Es war ein ständiges Hinterfragen: Wie viel Sauerstoff hilft und mit wie viel zerstört man? Für mich als Mutter war diese Situation am Anfang besonders schwer zu ertragen – zu sehen, wie man dem Kleinen immer wieder Blut aus dem winzigen Körper nahm, wie man in die Armbeugen oder in die Kniekehlen stach, überall, wo noch Fläche frei war. Wie sich daraufhin ein Wehren zeigte, Daniel sich aufbäumte und sekundengleich das Brüllen einsetzte, das jämmerliche Wehklagen leiser wurde und es sich nur langsam beruhigte, schließlich im Schluchzen verebbte. Es dauerte jedes Mal länger, bis Daniel endlich zur Ruhe kam. Eine Quälerei, aber eine notwendige. Ein wichtiger Hinweis zur Feststellung der optimalen Sauerstoffkonzentration im Blut und damit ein Parameter für die Hirnversorgung. Ich durfte mir dies nicht vergegenwärtigen und nicht daran denken, wie oft es am Tage passierte. Aber die Kenntnis über die Notwendigkeit dieser Torturen ließ es mich zum damaligen Zeitpunkt irgendwie verkraften. Dennoch hinterließ dies alles auch bei mir seelische Wunden.

Schreie …

Hörst du einen Schrei,

dann hörst du hundert und noch mehr,

Tausende Schreie, die rufen,

die Hilfe brauchen,

die Nähe suchen,

die Angst haben,

die Verzweiflung kennen,

die Schmerz erleiden,

die Trauer verarbeiten,

die Wut auslösen …

oder Schreie,

die dir Freude schenken,

Überraschung bringen,

Jubel auslösen,

glücklich machen

und sich in der Liebe vereinen.

Die weiteren Wochen und Monate verliefen weniger spektakulär. Aber es drängte sich immer mal wieder die Frage auf, wie lange konnte oder sollte das Kind noch beatmet werden? Ich war der Ansicht und meinte, es würde zu wenig dafür getan, das Kind zur Selbstatmung anzuregen.

Eine niederschmetternde Prognose

In jenen Tagen fiel zum ersten Mal die Aussage, dass aller Voraussicht nach bei Daniel eine massive Störung, ein Hirnschaden, eine eventuelle lebenslange Behinderung, eine sogenannte Spastik auftreten könne. Das Kind würde sich nur langsam entwickeln können, eventuell nicht sitzen oder laufen können. Eine Prognose, die mir gegenüber auszusprechen unverantwortlich, aber deswegen nicht unrealistisch war. Alle Prognosen waren möglich.

Ein Problem, das bei Frühchen mit sehr langer Beatmungszeit immer als wahrscheinlich zu befürchten sei, sei eine schwächere bis stärkere Behinderung. Diese Aussage traf mich in meinem tiefsten Inneren. Ein behindertes Kind, ein krankes Kind haben müssen, das wollte ich nicht. Ich konnte mir überhaupt nicht vorstellen, ein solches Kind großzuziehen. Meine Überzeugung ging sogar so weit, dass ich den Schwestern und den Ärzten gegenüber äußerte: »Nein, lieber soll es sterben.«

Doch gab mir der Arzt klar zu verstehen, dass es nicht unsere Entscheidung sei. Immer trifft der Organismus eines Lebewesens in seiner gesamten Individualität seine eigene Entscheidung. Entweder für das Leben oder das Sterben. Die Kraft der Natur würde auch für ihn entscheiden. Dennoch blieb der Gedanke, ein Kind im Bett liegend, mit Schläuchen verbunden, vielleicht künstlich ernährt und beatmet, unbeweglich, nur ein geringes Weiterkommen, immer auf Hilfe angewiesen, für mich nicht vorstellbar.

Einfluss und Werte bringen Zweifel

Unterbewusst und auch unbewusst waren mir durch die Verbindung zum Großvater sowie durch die Mutter Einflüsse und Wertvorstellungen weitergegeben und suggeriert worden, die es nicht zuließen, ein solches Kind großzuziehen. So stand ich im krassen Gegensatz zu dem, was ich jetzt vor mir sah. Beide Personen waren in ihren Lebensgeschichten durch die Zeit des Nationalsozialismus geprägt. Für sie gab es menschenunwürdiges Leben und Menschen zweiter Klasse, und so sprachen oder vermittelten sie in ihren Aussagen und Bildern die These von nicht lebensfähigen Menschen. Menschen, die es nicht wert waren zu leben. Das bezog sich auch auf Menschen mit Behinderung. Sie zeigten so ihre innere Haltung und Ablehnung. Ich erinnerte mich an Aussagen meiner Mutter, die sich hochnäsig und erniedrigend bestimmten Menschen gegenüber verhielt oder von Ober- und Unterschichten sprach sowie von ärmlichen und ungebildeten Menschen, beispielsweise auch negativ über die Arbeiterschicht.

»Der kann sich nichts anderes leisten, schau, da läuft er mit der Ziege!« – »Warum oder … woher hat der das Geld, ein solches Auto zu fahren?«

Diesen Personen standen nicht die gleichen Rechte zu wie ihr.

Und was war in meinem Kopf mit mir dabei passiert? Was hatten diese Aussagen in mir ausgelöst oder hinterlassen? Es gab Gedankengänge, die eine solche Wahrheit einer Diskriminierung und Entwürdigung von Menschen nicht zuließen. Es überforderte mich geradezu, aus meiner Weltanschauung heraus, dass es Menschen gab, die es sich erlaubten, über andere Menschen so massive Urteile abzugeben und solche Wertungen vorzunehmen. Gar erzeugte die Vorstellung solcher Bilder in mir eine veränderte Stimmung und ein Unwohlsein. Aber … in meinem Innersten waren die Gedanken gelegt und hatten Bestand. So war ich in meinen zwiespältigen Gefühlen nicht in der Lage, mich über dieses negative Denken ganz hinwegzusetzen. Ich räumte dem Großvater sowie der Mutter ein, dass sie eine auf ihre Weise im Leben prägende Erfahrung gemacht hatten und sie ihrerseits einen Modus für sich finden mussten, um sich mit ihrem Leben zu arrangieren. So gab es eben für mich eine andere Seite, die Eindruck vermittelte und die ich an ihnen sehr liebte. Der Großvater, ja, ich wollte sein wie er: seine Körperhaltung stramm, stattlich und aufgerichtet, die innere Haltung von Stolz geprägt, selbstsicher nach außen, ausdrucksstark seine Sprache. Generell zu Menschen rücksichtsvoll, aufmerksam und zuvorkommend, mit einem gutem Benehmen. So ein Vorbild wollte auch ich sein, mich zeigen und auf diese Weise Achtung bekommen. Gingen wir gemeinsam an der Straße entlang und kam es zu einer Begegnung mit anderen Menschen, wirkte schon die Begrüßung außergewöhnlich beeindruckend. Wie er allein schon gestikulierte und mit der Hand sein Wohlwollen ausdrücken konnte, durch die Körpersprache und die Art der Haltung und des Ganges ein Signal setzte und durch seine Aufmerksamkeit zum Ausdruck bringen konnte, welche Achtung er den Menschen schenkte.

Jeder kann ein Vorbild sein

Während meiner Schulzeit erlebte ich eine weitere einschneidende und beeindruckende Begegnung mit einer ähnlich ausschlaggebenden Bedeutung. Eine Lehrerin, die genau das verstärkte, was mich sowieso schon so faszinierte, dieses Wissen um den Körper und die Bewegung. Eine Lehrkraft, die mir in ihrer außergewöhnlichen Art und in ihrer Besonderheit das Fach Sport vermittelte. Jeder der Unterrichtsstunden fieberte ich entgegen und war gespannt auf das, was sie aufzeigen würde. Ihr Schwerpunkt lag auf der Körpererziehung und im Besonderen legte sie Wert auf die korrekte Ausführung von Bewegungen. Sie machte deutlich und stellte heraus, wie wichtig es sei, den Körper zu trainieren, um in einer anatomisch vorgegebenen aufrechten, geraden Körperlinie zu stehen und diese Haltung in jeglicher Art der Bewegungsausführung beizubehalten. Deutlich machte sie auch, was von Menschen mit ausgeprägten Körperhaltungen und Idealen ausgehen kann. Dabei hob sie heraus, dass der Körper vor allem durch seine Art an Haltung, Darstellung und Ausdruck auf die eigene Persönlichkeit verändert werden kann. Das machte auf mich Eindruck. Ich war von ihr angetan, sie überzeugte mich, ich wollte ihr fortan nacheifern und es ihr gleichtun.

So verstärkte sich in mir wiederholt das Gefühl, mich für ein ideales Menschenbild einzusetzen. Dies war es, was mich berührte und bewegte und von da an verzauberte, Bewegung im Takt zur Musik auszuführen, vor allem zu den Klängen des Klaviers. Ich fühlte mich wie eine kleine Göttin, Schritt um Schritt mit ausgestreckten Fußspitzen, aufgerichteter Körperhaltung und geraden Blickes vorwärtszugehen. Es ließ mich nimmer los. In all den folgenden Jahren dachte ich immer mal wieder daran und es blieb mir über meine Jugendzeit hinaus gegenwärtig. Die Erinnerungen daran waren so überzeugend, dass der Wunsch in mir gewachsen ist, mich in meiner Berufswahl für dieses Fach zu entscheiden und es zu studieren: Sport, Gymnastik, Tanz. Es war mir ein Bedürfnis, mich zu bewegen, mich dabei körperlich auszudrücken und rhythmische Akzente zu setzen. Das Tanzen im Besonderen. Es kam aus mir, aus meiner Seele. Es war immer wieder für mich ein stark beglückendes Gefühl und ein Erlebnis, wie zwischen Himmel und Erde zu schweben. Ein Gefühl, das eine Euphorie auslöste und einen Energieschub bewirkte. Das war meine Welt: Tanzen, tanzen, tanzen – meine große Leidenschaft. Ebenso im Alltag, mit Ausdruck und Bewegung mich mitteilen zu können und Harmonie und Anmut auszustrahlen, die ich auch im Beruf mit einer visionären und inhaltlich ausgerichteten konsequenten Körper- und Bewegungserziehung verfolgte und mit Freude vermittelte.

Eigener Therapieplan

Inzwischen hatte ich mir einige Überlegungen und Möglichkeiten ausgedacht, um dem Kind zu helfen und den Körper zu unterstützen, durch Berührungen und kleinere Massagebewegungen die Durchblutung anzuregen. Meistens nahm ich den Zeigefinger und den Mittelfinger zusammen und streichelte an den kleinen Muskeln entlang. Oder ich nahm die Arme und Beine mit Daumen und Fingern in einen Zangengriff und strich mit mehr oder weniger starkem Druck vom Körper weg nach außen. Irgendwann kam mir dann der Gedanke, dass durch Klopfen beziehungsweise Abklopfen der Brust und des Rückens ein Ablösen der Verklebungen in den Lungenbläschen zu erreichen sei. Ein Versuch, den ich ab diesem Zeitpunkt regelmäßig verfolgen wollte. So kam ich eines Tages in den Vorraum der Frühchenstation und hörte ein lang anhaltendes starkes Schreien. Vor dem Bettchen von Daniel bemerkte ich sofort, dass sich die Haut, ja der ganze Körper auffallend frisch zeigte. Auf meine Frage hin erfuhr ich von den Schwestern, dass der Kleine schon seit dem frühen Morgen schrie. Ich war fassungslos und wollte von ihnen wissen, ob sie darüber nachgedacht hätten zu reagieren. Keine Antwort! Dann die Erklärung, dass es alltäglich sei und nichts Ungewöhnliches und dass es hin und wieder passiere, dass ein Kind so schreie. Ich jedoch betrachtete es als Hinweis und als ein eindeutiges Anzeichen, dass das Kind den damit verbundenen Überlebenswillen kundtun wollte.

»Ja ich will selber atmen!«

Auch meine Intuition drängte und erkannte, dass sich jetzt ein Richtungswechsel abzeichnete und die Zeit dafür reif war, endlich zu handeln.

Ich wollte den Arzt sprechen und ihn auffordern, die Intervalle beim Beatmungsgerät zu ändern. Zuerst mit sehr viel Skepsis und Bedenken war er dann schließlich doch bereit, es auszuprobieren.

Nun wurde der Rhythmus verändert, die Selbstatmung aktiviert und die damit verbundene Zuschaltung der Impulse des Gerätes nach einem neuen Plan durchgeführt. Immerfort suchte ich nach Reaktionen, die auf einen weiteren Entwicklungsstoß schließen ließen. Zuerst fing der Impuls mit einem Intervall von einer halben Minute an, dann ein Stoß pro Minute, dann alle zwei Minuten, alle fünf Minuten und zehn Minuten und dann ganz frei, was natürlich ein Wagnis war, aber bewusst gewollt und herbeigeführt wurde, um die Atmung in die gewünschte Selbststständigkeit zu bringen. Währen Störungen aufgetreten, hätte man die Impulse wieder erhöhen müssen. Und dann geschah es. Man kann sagen, dass Daniel innerhalb einer Woche mit immer weniger Impulsen auskam und schließlich zur Selbstatmung gefunden hatte. Tag für Tag sah die Haut durchbluteter und rosiger aus. Ab und zu konnte ich in seinem Gesichtsausdruck einen entspannten Blick wahrnehmen und eine gewisse Zufriedenheit feststellen. Ich spürte eine deutliche Erleichterung. Aber die Frage, inwieweit die Dauer der Beatmung über diese lange Zeit Schäden hervorgerufen haben könnte, blieb offen. So stellte ich mir jetzt die Frage: »Daniel, wer wirst du werden?«

Relativ schnell konnte nun die Verlegung von der Frühchenstation auf die Säuglingsstation in ein Wärmebettchen stattfinden. Insgesamt drei Monate wurde Daniel stationär versorgt, davon zweieinhalb Monate mit Beatmung.

Endlich daheim

Überglücklich konnte ich ihn nach Hause bringen, stolz und in Zufriedenheit ihn in den Armen halten und wiegen. Jetzt endlich kam die Zeit um für ihn die Verantwortung zu übernehmen und ihn zu verwöhnen. Ich wollte eine verlässliche Mutter werden und sein!

Ich hatte mir ein Tragetuch besorgt, um ihn fest an mich zu binden, so wie es die Afrikanerinnen seit Generationen praktizieren. Je nachdem, welche Arbeit ich verrichtete, hatte ich ihn am Bauch, auf dem Rücken oder an den Hüften an mir festgemacht. So wollte ich ihn immer bei mir haben und trug ihn vor allem in den ersten Wochen den ganzen Tag mit mir herum. Meinen täglichen Rhythmus im Alltag, meine Lebensenergie und das damit verbundene Lebensgefühl sollte er so mit empfinden und verspüren, auf diese Weise Sicherheit gewinnen und Vertrauen erfahren. Nachts schlief er bei mir im Bett. Wurde er unruhig und schrie, legte ich ihn mir auf den Bauch und streichelte ihn fortwährend. Bärli, der mit uns an allem teilnahm, lag am Fußende mit dabei.

Äußerlich waren keine Auffälligkeiten festzustellen. Dadurch bestand die Hoffnung, dass von einer genetisch gesunden Voraussetzung ausgegangen werden konnte. Alles war dran, alles funktionierte, aber natürlich war er immer noch viel zu klein und körperlich sehr schwach. Da der Bewegungsablauf aus einem natürlichen inneren Antrieb heraus geschieht und nach den vorgegebenen Mustern der DNA im Gehirn abgespeichert ist, konnte man auf die von der Natur vorgegebenen Regelprozesse hoffen. Doch wie erwartet zeigten sich im EEG, den Gehirnstrommessungen, Unregelmäßigkeiten in den Schwingungen. Die Vorahnungen wurden damit bestätigt, dass sich bezüglich seiner Entwicklung Störungen aufzeigten.

Was auf eine leichte bis schwerwiegende Spastik hindeutete, war das Schließen der Hände zur Faust und das Überstrecken der Fußsohlen in die sogenannte Spitzfußstellung. Sehr ans Herz gelegt wurde mir vor allem aus medizinischer Sicht, dass das Kind an einem Förderprogramm teilnehmen und einer Bewegungstherapie unterzogen werden sollte, später auch eventuell einer Sprachförderung und Ergotherapie. Eine Krankengymnastin, die regelmäßig ein bis zwei Mal in der Woche vorbeikam, achtete darauf und sorgte dafür, dass diese Dinge durchgeführt wurden. Ich dachte mir gleich, das alles war zu wenig. Mit Bewegungsimpulsen sollte nun immer in konsequenter Art und Weise an der gleichen Körperstelle gedrückt werden, um die Reflexe entsprechend dem Entwicklungsstand auszulösen und die Bewegungsaufgabe einzufordern. Diese einzelnen Stufen des Bewegungsschrittes mussten so lange trainiert werden, bis der Körper darauf reagierte. So erhoffte man sich, dass sich dadurch die Muskelbewegungen manipulieren lassen, so zu eigenen werden und die Bewegung sich eines Tages selbst steuern kann, auch bewusst über das Großhirn. Natürlich mit Entwicklungsverzögerungen, das war für ihn normal. Es gab keine Zeit zu verlieren, denn es galt als das höchste Ziel, die Entwicklungsfähigkeit des Kindes mit diesem besonderen Merkmal der Behinderung zu fördern. Mit keinem Gedanken wollte ich mich mit dem Problem befassen, dass mein Sohn ein eventueller Spastiker sein oder bleiben könnte. Dies verdrängte ich und tat so, als gäbe es im Moment keine Notwendigkeit, mich zu sorgen und darüber nachzudenken. So steckte ich all meine Kraft in die Entwicklung des Kindes und teilte mir die Tage so ein, dass ich genügend Zeit hatte, um die Bewegungsförderung durch zusätzliche Übungen zu unterstützen. Was ich seit den Tagen in der Klinik beibehalten hatte, war das Ausstreichen und das Abklopfens des Körpers. Jedes Mal beim Wickeln machte ich dies automatisch. So war er an die Sache gewöhnt, empfand es als wohltuend und machte dabei große Augen.

Durch Einblicke in Aufgaben der Prävention von gelähmten und behinderten Menschen während eines

Praktikums, überwiegend mit Schlaganfallpatienten, wusste ich um die Bedeutung einer konsequenten Bewegungstherapie. Wird durch ein Gerinnsel ein Blutgefäß blockiert und beim Infarkt dadurch Teilbereiche des Kopfes nicht durchblutet, kommt es zu Nervenschädigungen. Je nach Position und Stärke der Ausblutung sind motorische und sprachliche Ausfälle programmiert, ähnlich so, wenn durch Sauerstoffmangel bei der Geburt oder bei langer Beatmungszeit die Durchblutung im Gehirn gestört wird. Gerade bei diesen Krankheitsbildern, in denen Engpässe bei der Sauerstoffversorgung des Gehirns aufgetreten sind, ist dies mit physiologischen Störungen verbunden und Bewegungsstörungen sind meist die Regel. Die Einschätzung, wie groß die tatsächliche Schädigung des ZNS zu diesem Zeitpunkt war, konnte niemand geben. Erst durch Verzögerung oder das Ausbleiben einzelner Entwicklungsschritte konnten im Verhalten des Kindes Rückschlüsse gezogen werden und nur so auf diese Weise festgestellt werden, zu welchen Aktivitäten das Gehirn fähig sein würde.

Das Gehirn steuert zentral körperliche und geistige Tätigkeiten. Mit meiner Erfahrung, dem Wissen und meiner persönlichen Überzeugung übernahm ich die Aufgabe, das Kind in ein erfolgreiches und glücklicheres Leben zu bringen. Wichtig für mich war, dass ich das Ziel vor Augen hatte, auf das ich zugehen wollte, und dass ich wusste, auf welchem

Weg ich es eventuell erreichen konnte. Das Bewusstsein einer erlebten Körperlichkeit, die Bedeutung von klar definierten, konsequent zu erarbeitenden Bewegungszielen machte mich im Handeln überzeugend, nach dem Motto, gnadenlos und unnachgiebig durchhalten. Ich wollte dieses Ziel nicht aus den Augen verlieren, denn aus Erfahrung wusste ich, wie hart zugearbeitet werden muss, um einen Erfolg zu erreichen. Nur in einer konsequenten Einhaltung von Übung und Therapie können solche Störungen wieder behoben werden. Jeder einzelne Schritt ist wichtig. So galt es, Verbindungen im Gehirn wachzurufen beziehungsweise wieder anzustoßen, um neue neurophysiologische Strukturen aufzubauen und alle Voraussetzungen dafür zu schaffen, eine positive Entwicklung in Gang zu bringen.

Eine seltsam anzusehende Bewegungsübung machte mich eines Tages auf ihn aufmerksam. Er lag am Boden. Das Zimmer, in dem er sich aufhielt, war mit Teppich und Schlafsack ausgelegt, viel Platz, um sich frei zu bewegen. Vor allem das Rollen über die Körperachse, nach rechts wie nach links und in alle anderen Richtungen, war möglich. Aber was war dies für eine Übung, über die ich mich so wunderte? Auf dem Kopf stehend und beide Hände an der Seite als Stütze und mit den Beinen auf den Zehenspitzen balancierend! Er sah die Welt verdreht von unten nach oben. Das war die außergewöhnlichste Turnübung, eine extreme Nackenüberstreckung mit drei Berührungspunkten am Boden: Kopf und die beiden Fußspitzen. Oft rollte er vom Bauch auf den Rücken und drückte sich dann nach oben, blieb eine kurze Zeit in dieser Position, um sich dann auf dem Rücken wieder zu erholen.

Eine große Problematik zeigte sich beim Windeln und Anziehen. Eigentlich wollte ich ihm etwas Gutes tun, ihn frisch machen oder eventuell etwas Neues anzuziehen; unter normalen Umständen war dies nicht möglich. Egal ob man nur an den Knöpfen streifte, die Hose berührte, eine Jacke in die Hände nahm, löste dies eine Abwehrhaltung und eine äußerst widerspenstige Körperreaktion aus. Eine Annäherung, ja sogar jegliche Berührung, die sich auf ein gewisses Ziel hin ausrichtete, empfand er als Bedrängung, assoziierte dies mit negativen Handlungen und geriet dadurch in Panik. Er wehrte sich mit kräftigem Strampeln, um dabei die Hände wegzutreten, um so jeglichem Kontakt auszuweichen. Er gebärdete sich so unausstehlich und es war oft vor lauter Schreien und Zappeln ein richtiger Kampf, etwas auszurichten. Er wollte keine Kleider gewechselt haben, er wollte keine Mütze auf dem Kopf, kein Jäckchen an kalten Tagen tragen. Ich erinnere mich noch gut daran, als ich die ersten kleinen Lederschuhe gekauft hatte. Sie waren rot, aus zartem, weichem Ziegenleder. Man konnte sie direkt an die Füße anlegen, damit sie nur leicht ummantelt, aber nicht eingeschränkt waren. Die gesamte Beweglichkeit sollte so erhalten bleiben. Daniel strampelte so lange, bis die Schuhbändel offen waren und die Schuhe von den Füßen fielen. Es erforderte eine wahnsinnige Geduld, wenn sich nicht von meiner Seite schon vorher eine Kapitulation einstellte, wenn die Schuhe an den Füßen bleiben sollten. Alles Herumhantieren an ihm war für ihn störend. Die größte und schwerste, fast nicht zu leistende Aufgabe bestand darin, ihm die Ohren oder die laufende Nase zu reinigen. Nur mit zwei »Mann« und einer regelrechten »Festnahme«, eine echte Tortur, konnte diese Arbeit bewältigt werden. Keiner durfte dies mitbekommen, sonst hätte man angenommen, das Kind würde misshandelt. Diese Tragödie konnte nur in äußersten und fast nicht mehr zu akzeptierenden Fällen durchgezogen werden, nämlich dann, wenn der Schmalz schon aus den Ohren und das Sekret der Nase in den Mund lief.

Diese fast unmögliche und unbegreifliche Situation zerrte an meinen Nerven und wurde zum Problem. Doch brachte ich Daniels Verhalten recht schnell mit den traumatisierenden Erlebnissen in der Klinik in Verbindung. Sicher wäre es ein Problem geblieben, wenn ich keine Erklärung gefunden und keinerlei Einfühlungsvermögen gezeigt hätte. Vor allem, wenn solche Gedanken mit mir gespielt hätten, dass das Kind seine Wünsche durchsetzen und es die Erfüllung seiner Bedürfnisse erzwingen wollte. Ich mochte mir lieber nicht ausmalen, welche verheerenden Reaktionen sich gezeigt hätten und welche Folgen und schweren Rückschläge sich in der Entwicklung dieses Kindes vollzogen hätten, wäre die Not des Kleinen von mir nicht erkannt worden. In welchen psychischen Druck wäre er geraten, vorausgesetzt, er hätte noch seinen Willen gespürt. Ein Kind mit einer solchen Vorgeschichte braucht sehr viel Zeit, aber auch jedes andere Kind, um sich selbst zu entwickeln und zu finden. Ich wusste, dass dieses Schreien und Sich-Wehren eine tiefe Ursache hatte. Dafür konnte ich ihn gewähren lassen und er selbst in der Spiegelung meiner Befindlichkeit Sicherheit verspüren. Und trotzdem war es auch für mich sehr anstrengend, dieses Abwehren immer zu ertragen. Manchmal verließ ich das Haus und lief in den Garten, um etwas Abstand zu bekommen und mir eine kleine Auszeit zu gönnen, ohne dabei ein schlechtes Gewissen zu haben und mir Raum dafür zu geben, es durchzustehen. Wäre die Zeit auf der Frühchenstation nicht gewesen, hätte das gegenseitige Kräftemessen zwischen Mutter und

Kind zum Machtkampf geführt. Es verlangt viel von einer Mutter, angemessen zu reagieren und auf die Individualität des Kindes zu achten. Oft ist bei entsprechendem Tun und Handeln nicht eindeutig festzumachen, was richtig ist. Meist mangelt es an der eigenen Klarheit, einer festen Position oder an Standfestigkeit beim Ja und Nein. Eine klare Aussage formulieren, wenn keine innere Überzeugung vorhanden ist, funktioniert nicht. Vor allem ist sie auch von Charaktereigenschaften und ebenso von der persönlicher Intelligenz und des Wissens und der Situation abhängig und dadurch bei jedem Menschen sehr individuell. Die Mutter herausfordern, sich ausprobieren, sich mit ihr messen ist für ein Kind erst einmal normal. Die Verantwortung des Erziehenden ist es dann, Grenzen zu ziehen. Zwischen Begreifen und Fühlen besteht deshalb oft ein sehr großer Unterschied!

So sah ich mich vor der verantwortungsvollen Aufgabe, ihn Schritt für Schritt durch ein gutes Umfeld zu führen. Ein Kind bringt seine Anlage mit und diese wird ab der Geburt im Prozess der gegenseitigen Reaktion zwischen Mutter und ihm selbst mit einfließen. Zuerst öffnen sich die Bereiche in einem kleineren und beschränkteren sozialen Umfeld, irgendwann dann in einem größeren und später sozialpolitischen und gesellschaftlichen. Damit wird ein gefestigtes Selbstvertrauen entwickelt und aufgebaut und es formt sich eine Persönlichkeit. Diese Prägungen werden in der Verhältnismäßigkeit zum Vererbten, Erlebten und Erfahrenen weiter voranschreiten. Bei einem kranken und traumatisierten Kind wird dieser Zeitraum ungewiss und sicher noch schwieriger festzulegen sein. Wie viel Geduld und Akzeptanz musste ich dabei aufbringen! Wie oft musste ich ein Umdenken-Können zulassen, um die richtige Entscheidung zu treffen.

Mit Freude war ein erster Erfolg zu sehen. Er war schon in der Lage, das Köpfchen aus der Bauchlage heraus zu heben. Und ich konnte ein Drehen und Wechseln von der Bauchlage in die Rückenlage beobachten. Das war wie Ostern und Weihnachten zugleich.

Frühlingsluft war draußen spürbar, eine gute Idee, den Kleinen in einem Korb unter einen Baum oder einen Hartriegelstrauch zu stellen; so ließ ich ihn für einige Zeit alleine. Ganz bewusst so dicht wie möglich am Baum, gerade eben so, dass er die Zweige erreichen und das Spiel mit seinen Händchen und den Blättern aufnehmen und dabei die Geräusche des Windes hören, dem Rascheln der Zweige und dem Vogelgezwitscher lauschen konnte. Zwischendurch warf ich immer mal wieder einen kurzen Blick auf ihn. Derweil war zu sehen, wie er mit Freude ein kurzes Nickerchen machte und dabei die frische Luft genoss. Friedlich legte ich ihn noch am Abend in sein Bettchen zurück.

Doch dann am nächsten Morgen, schon der Anblick schockte mich. Der Kleine lag wie regungslos in seinem Bettchen, bewegte sich kaum und war blass. Ein Rasseln und Röcheln war im Brustkorb hörbar und er stöhnte so vor sich hin. Sollte die frische Luft die Lungen zu sehr gereizt haben? Die Lunge, sein geschädigtes Organ, erneut Probleme machen? Eine schwierige Situation! Jetzt erneut das Kind in die Klinik zurückzubringen. Lungenentzündung! Ich war nicht mehr dazu bereit. Zu tragisch diese erneute Trennung für uns beide. Die seelische Belastung zu groß, der Knacks sicher! Eine andere zumutbare und akzeptable Lösung musste gefunden werden. Nach langem Betteln konnte ich einen Arzt dazu überreden, die Verantwortung zu übernehmen und Hausbesuche zu machen. So konsultierte er Daniel ein bis zweimal täglich. Doch trotz Einnahme von Medikamenten und Penicillin war die Heilung auch nach Wochen nicht erfolgreich. Noch immer war in der Lunge ein Geräusch beim Atemrhythmus hörbar, das beim Einatmen ähnlich einem Ziehen wie bei einer Atemnot und beim Ausatmen einem Vibrieren gleichkam. Es konnten keine Ursachen im physiologischen Bereich gefunden werden.

Der Arzt und Anthroposoph gab zu verstehen, dass die Erklärung einer solchen Störung im Erleben des traumatisierten Kindes zu finden sei. Ein Kind, das eine Situation erlebte, in der es nicht wusste, was mit ihm geschieht. Dies brachte ihn in eine Hilflosigkeit, welche einer Ohnmacht gleichkam. Die vielen Eindrücke und die Reizüberflutung stellten eine Überforderung für ihn dar und in dem Zustand, in dem er sich befand, gab es keine Chance, diese Erlebnisse zu verarbeiten. Viel Zeit würde darum gebraucht werden, diese negativen Erfahrungen zu überwinden und im täglichen Leben wieder klarzukommen. Ebenso forderten sie von der Mutter und den anderen im unmittelbaren Umfeld lebenden Personen ein anderes Verständnis. Nur mit großer Geduld und meist in der Überzeugung einer anderen Geisteshaltung könnten diese Schwierigkeiten gelöst werden.

Der Arzt forderte mich dazu auf, mich auf ein ganzheitliches Denken einzulassen beziehungsweise es anzustreben. Das war für mich neu, diese Erkenntnis im anthroposophischen Sinne: Körper-Geist-Seele in einer Einheit zu sehen. Diese drei Bereiche verhalten sich in Abhängigkeit zueinander, kooperieren und suchen nach einer Harmonie. Entsteht auf einer dieser Ebenen Spannung, muss in dem anderen Teil des Körpers Ausgleich dafür geschaffen werden. Es entsteht eine Wechselwirkung zwischen Aktion und Reaktion, Spannung und Entspannung. Ich war bemüht, mich in diese Art von Überlegungen langsam hineinzudenken. Versprach mir hinsichtlich der Genesung des Kindes eine eventuelle Verbesserung und versuchte damit einen Schritt weiter zu kommen. Ich konnte aber nicht einschätzen, was mich erwartete und wo der eventuelle Erfolg liegen würde. So bemühte ich mich, mein bisheriges Weltbild zu korrigieren und mich mit einem neuen Ansatz von »Mensch-Werdung-Entwicklung« auseinanderzusetzen, eventuelle Erkenntnisse neu herauszufinden und verantwortungsvoll zu handeln.

Der Arzt warnte mich in diesem Zusammenhang davor, das Kind mit irgendwelchen elektrischen oder elektronischen Medien in Berührung zu bringen. Hausmusik, das Klavierspiel oder Singen konnten eine Unterstützung für ihn sein. Es war für mich eine große Herausforderung, diese Vorgabe im gerade aufkommenden Medienzeitalter mit Radiomusik, Plattenspieler und Fernseher strikt einzuhalten. Mit dem Arzt hatte ich einen Menschen als erfahrenen Beobachter gewonnen, der vorausblickend die Gefahr durch zu viel technische Überreizungen erkannte. Seine Denkanstöße ließen mich aufhorchen.

Aus der Not wurde Tugend. Eine grandiose Klavierspielerin und Buchnärrin, die zur gleichen Zeit mit uns im Hause lebte, zudem eine gute Vorleserin, gab uns dabei erfolgreiche Unterstützung. Ich sah es als ein Omen, als Glück und als Gnade an. Denn sie war genau zum richtigen Zeitpunkt das Richtige für unsere Seelen. Das Lauschen auf diese Ansammlung von Tönen aus der Klangharmonie war Konzentration und Entspannung zugleich.

Und ein Tier, das war es, was zu meinem und auch zu Daniels Leben gehörte: Bärli, unser engster Freund und gleichsam ein Mitglied in unserer Gemeinschaft. Er lag mit ihm auf der Decke und war stets sein Beschützer. Leckte ihn manchmal am Kopf, an den Händen und je nachdem an den Fußsohlen, wenn sie frei und nackt waren. Stupste ihn an, motivierte ihn, sich zu bewegen, oder lag einfach nur daneben und beobachtete ihn. Oft schliefen sie beide zusammen ein, dann legte ich fürsorglich eine Decke über sie und fand es angenehm und beruhigend, sie so liegen zu sehen. Irgendwann bemerkte ich Geräusche und konnte Laute hören und ein Babbeln fing an, sodass der Eindruck entstand, Daniel wolle mit Bärli sprechen und ihm etwas mitteilen. Es war der Freund, der mit mir oder mit ihm ständig zusammen war. Intuitiv von mir gewollt, zutraulich und geduldig setzte sich so mit der Zeit ein positiver physiologischer Prozess durch das Tier in Gang. Eine immerwährende und gegenseitige Wissbegierde entstand und es wurde dabei eine konzentrationsstärkende Wirkung durch den Hund übertragen und angeregt.

Wie die genauen Erkenntnisse darüber waren, wenn eingedrehte Gliedmaßen ein wenig entkrampfen und die sogenannte Muskelspannung nachlässt, wenn Spastiken sich lösen, wenn Tiere Kontakt zum Bewusstsein eines Menschen aufbauen, davon zu hören und wie sie sich auswirken, konnte ich erst viel später erfahren. Jetzt jedenfalls war ich glücklich über die Situation. Sogar später, als Daniel schon in die Grundschule ging, erzählte er Bärli von seinen Erlebnissen. Kam er aus der Schule nach Hause, legte er sich zu ihm auf die Decke, kuschelte und besprach mit ihm seine Geschichte, die für ihn sein »Trösterchen« war, und schlief bei ihm ein.

Es war grundsätzlich zu beobachten, dass Schlaf für ihn einen großen Stellenwert hatte. Bei intensiven Spielphasen oder anderen Belastungen wurde er schnell müde und brauchte sofort Ruhe. Wie ein abruptes Wegtreten oder Abschalten, von einer Sekunde zur anderen, konnte dies vorkommen. Für das Verarbeiten neuer Aufgaben brauchte er mehr Zeit, und Reizüberflutungen, aus denen er sich selber nicht zurückziehen konnte, erschöpften ihn schnell. So war Schlaf eine Möglichkeit zur direkten Regulierung und Regenerierung, um zu einem seelischen Gleichgewicht zu kommen. Oft schlief er einfach ein.

Jeden Tag trainierte ich die einzelnen Bewegungsteilschritte. Beim Erreichen des Robbens und des Sitzens stand ich ihm hilfreich zur Seite, drückte ihn immer wieder in die Position. Ich arbeitete Schritt um Schritt weiter, um dem nächsten gesteckten Ziel, dem Vierfüßlerstand, und dann dem Krabbeln näher zu kommen. Keiner dieser Schritte durfte übergangen werden. Die bedeutungsvollste und wichtigste Übung ist dabei die des Krabbelns. Sie ist die beste Verschaltungstechnik zum Gesamtbewegungsablauf hin bis zum Stehen und genauso bedeutsam für die Entwicklung des Geistes. Es war deshalb ganz besonders wichtig, dies lange und ausgiebig zu tun. Sogar mit der Strampelhose ließ ich ihn im Garten auf der Erde, im Sand, im Gras und auf den Steinen herumkrabbeln. Hygiene war für mich in diesem Zusammenhang kein Thema. Das Ausbalancieren der beiden Gehirnhälften, der verbindende Balken »Corpus Callosum«, der die rechte und die linke Großhirnhemisphäre miteinander verbindet, die Bewegungskoordination und die körperliche Motorik in die Balance bringt, war das Ziel. Erst dann sollte der Übergang zum Laufen kommen. Gerade im Hinblick auf die Bewegungserziehung der Kinder sollte es generell das Ziel sein, genauer darauf zu achten, eine gesunde Entwicklung zu fördern.

Daniels Zimmer war seinen Bedürfnissen entsprechend gestaltet, er bekam viel Platz und den Raum, sich selbst zu erleben und mit sich zu spielen. Was die Fingerchen alles können, wozu die Beinchen in der Lage sind! Und zum Erkunden waren diverse Spielsachen auf dem Boden verteilt. Zum Greifen waren verschiedene Dinge wie Gabeln, dicke sowie dünne Stäbchen, Klötze in verschiedenen Formen und Größen und ein ganz besonderes Spielzeug, das Modell eines Atoms mit mehreren Anbindungen aus Holz. Am Ende der Stäbchen waren Kugeln, die man in den Holzkörper zurückstecken konnte. Je nachdem, wie man das Spielzeug drehte, konnten auch die Stäbchen automatisch alleine in die Ausgangstellung zurückkommen. Oft hat er damit gespielt und sie vor allem auch immer wieder in den Mund gesteckt. Daran erkannte ich die orale Phase.

Es gab kein Nein im ersten Lebensjahr. Alles, was er fassen konnte und ausprobieren wollte, war für ihn auch bestimmt. Die Gegenstände, die um ihn herum lagen, gaben ihm natürliche Anreize, wie beispielsweise Holz in verschiedenen Längen, Dicken, Formen und Strukturen. Aus der Natur waren es Blätter und Zweige. Die Materialien, die mich ansonsten überzeugten, waren natürliche Stoffe wie

Baumwolle, Seide, Sisal, Leinen. Und durch akustische Instrumente wie Klingeln und Glöckchen und Federn konnte er selbst Geräusche machen. Was sich wie anfühlte, wie es schmeckte, ob es groß, klein, scharfkantig, spitz, weich oder hart war, er sollte mit den Empfindungen und Wahrnehmungen spielen und sie analysieren können. Dadurch erfasste er die Eigenschaften und Ausformungen der Gegenstande und setzte Anreize im Gehirn. All diese verschiedenen Erfahrungen lösten im Gehirn neue Verknüpfungen aus, auf die nach und nach weitere Verzweigungen folgen konnten. Nur wirklich spitze und scharfkantige Gegenstände, die eventuell gefährlich werden konnten, gelangten nicht in seine Reichweite.

In den Siebzigern hatte sich nach und nach die gesellschaftliche Haltung zur Bedeutung gesunder Ernährung gewandelt. In vielen konventionell geführten Bauernhöfen fanden die ersten Umstrukturierungen statt, manche wurden auf Biobetriebe umgestellt. Mich interessierte dieses Thema schon vorher und ich stellte mir die Frage, wie der Körper durch optimale Ernährung bestens versorgt werden könne. So natürlich wie möglich. Ich gab mir viel Mühe, Flasche und Milchbrei wurden zu jeder Mahlzeit frisch zubereitet und waren in den ersten Wochen die grundsätzliche Basisnahrung. Erst später wurde der Brei oder Grießbrei mit Äpfeln und anderen Früchten ein wenig ausgebaut, dazu eventuell etwas Honig. Später kamen dann Kartoffeln und Spinat, Karotten und anderes Gemüse, gekocht und passiert, dazu, das aus dem eigenen Garten sein sollte. Gesund, gut und wohlschmeckend, das spielte bei meinem Vater schon eine entscheidende und große Rolle. Viel Wert wurde auf geregeltes und ausgiebiges Essen gelegt. Täglich eine Suppe, Hauptgerichte grundsätzlich mit Gemüse und Kartoffeln, wenig Teigwaren, und Salat war mit auf dem Tisch. Ich war dazu erzogen und angeleitet worden, darauf zu achten, dass der Körper richtig mit Nahrung und allen lebenswichtigen Nährstoffen versorgt wurde. Kraft schöpfen und gesund bleiben, das war eine Entscheidung, die man selber in der Hand hatte. Es war wie eine Spritze oder Impfung, an der sich mein Glaube festklammerte. Diese überzeugende Haltung meines Vaters beim Essen, auf die er so strikt geachtet hatte, beeinflusste mich so sehr, dass ich behaupten kann, dadurch eine tiefe und nachhaltige Prägung erfahren zu haben. Für uns alle in der Familie war Essen ein besonderes Ereignis im Tagesablauf. Die Vorstellung, dass ein Leben nur gedeihen kann, wenn die Aufnahme von Licht und guter Nahrung, verbunden mit Fürsorge, gegeben ist, die war tief in mir verwurzelt.

Auch überzeugten mich die Lehren der Homöopathie und ich experimentierte mit verschiedenen alten Hausmitteln. An die erinnerte ich mich sofort, als Daniel mit den schweren Lungenproblemen im Bett lag. Ich kochte ihm Kartoffeln, zerdrückte sie und legte sie in einem Säckchen auf seine Brust.

Nur langsam pflegte ich wieder Kontakte nach außen. Es fiel mir schwer, weil ich Angst hatte, Blicke und Reaktion könnten mir signalisieren, dass mit meinem Kind etwas nicht in Ordnung sei, und dann automatisch Fragen an mich gerichtet würden. Das wollte ich nicht. Das Gesicht von Daniel wirkte sehr aufgeschwollen, die Haut dadurch gespannt, glänzend rot und die Augen lagen sehr tief. Die Nasenlöcher waren etwas vergrößert, eines sogar etwas ausgerissen durch die wochenlange Beatmung und Intubation. So lag es nahe, dass irgendjemand etwas bemerken würde. Deshalb zog ich mich in der ersten Zeit etwas zurück. Doch irgendwann entschloss ich mich, wieder mehr in Kontakt mit der Familie zu treten. Als Daniel schon ein bisschen älter war, organisierte ich hin und wieder Begegnungen in einem Kreis von Frauen und deren Kindern. Denen erzählte ich meine Geschichte.

Die teilweise negativen Erlebnisse in seiner frühen Kindheit wollte ich durch soziale Kompetenz und durch Erfahrungen mit anderen Müttern und Kindern kompensieren. Dabei liefen die Begegnungen mit der

Außenwelt nicht immer ganz unproblematisch ab. Es war zwischen Daniel und den anderen Kindern alles zu sehen. Rückzug, ja sogar Ausgrenzung und Isolierung aufgrund seiner Art, immer im Übermaß zu reagieren. Manchmal kam es auch zu Aggressionen oder Gewalt gegen ihn, dann wieder spielten alle in voller Harmonie miteinander. Auch mir wurde es allmählich möglich, sicherer zu werden und zu lernen, im gegenseitigen Einverständnis gemeinsam mit anderen Menschen Probleme und auftretende Schwierigkeiten zu bewältigen. Sie ermöglichten mir, eine Sicherheit aufzubauen und mit beschützender Hand eine gemeinsame Sozialisierung im gegenseitigen Einverständnis aufzubauen. Ich stand ihm immer zur Seite, auch wenn manch einer mir signalisierte, es wäre besser, professionellen Rat einzuholen.

Überall schleppte ich ihn mit mir herum, ließ ihn an allem, was ich tat, teilnehmen, bei den täglichen Aufgaben und bei dem, was ich sonst zu regeln und zu verrichten hatte. Er war einfach mit dabei. Mit Tanz und Gitarrenmusik war er vertraut und erlebte bei mir auf dem Rücken Begeisterung und Euphorie. So tanzte ich manchmal mit ihm im Schweiße meines Angesichts, bis es mir aus allen Poren lief. Ein großartiges Gefühl! Und dann, irgendwann, krabbelte er verschmitzt und lächelnd über dem Fußboden hinter mir her.

Dem damaligen Zeitgeist entsprechend, war es für mich eine Selbstverständlichkeit, eine gleichberechtigte Erziehung zu versuchen, um die Idee, für die ich selbst gekämpft hatte, nämlich die Gleichstellung von Mann und Frau, zu erreichen, wahrhaftig werden zu lassen. Das Angebot an Spielzeug war deshalb nicht nur auf Jungen bezogen, nein, es gab auch Puppen und anderes, was normalerweise eher Mädchen angeboten wird.

Ein weiteres Thema waren die verschiedenen Erziehungsstile, über die in jener Zeit viel diskutiert wurde. Von der autoritären Erziehung, wie ich noch erzogen worden war, hatte ich mir schon selbst ein Bild gemacht. Über die anderen Theorien, wie antiautoritär oder Laisser faire, wollte ich mir klar werden und herausfinden, was meiner eigenen Überzeugung entsprach und welchem Erziehungsstil ich mich mehr zugewandt fühlte. Neills Buch »Theorie und Praxis der antiautoritären Erziehung: Das Beispiel Summerhill« war eindeutig der Renner und überzeugte mich letztlich.

Plötzlich verschwunden. Hatte ich ihn in diesem Moment gerade eben noch an der Hand und eine Beschreibung abgegeben, eine kurze Erklärung über Kelche! Aus Silber! Schon war er davongelaufen. In die Menge, unter die vielen Menschen, und war nicht mehr zu erblicken. Der Markt bot in seinen verschiedenen Auslagen ungefähr alles, von Früchten bis Möbel, von Kleidung bis Werkzeug, von Elektroartikeln bis Sanitär, Altes, Gebrauchtes und Neues. Eine riesige Fläche von vielen Quadratmetern. Dann schrie ich, schrie nach ihm, schrie seinen Namen ins Getümmel hinein: »Daaanieeel!«, zuerst mit sanfter, dann mit immer lauter werdender Stimme: »Daaanieeeeel!«, immer verzweifelter in die Menge, sodass jeder hören konnte, welche Ohnmacht sich in mir breitmachte. In diesen Sekunden und Minuten war ich durch die große Belastung und Anstrengung einer Verzweiflung nahe. Er hatte doch eben noch gesagt: »Mama, zehn Drachmen ...«, und war einfach losgelaufen, in einem fremden Land, in einer so riesigen Stadt, ohne ein Wort der Sprache zu kennen. Aber wohin? Noch viel zu klein, um alleine auf Entdeckungsreise zu gehen. Unfassbar. Alles erschreckend, beängstigend. Die Umgebung unbekannt, der Weg und das Umhergehen in den Gassen verwirrend. Völlig orientierungslos ging man hinein und hinaus. Was hat dieses Kind bewogen, sich loszureißen und einfach wegzulaufen? Was ist in ihm vorgegangen?

Wie gelähmt stand ich da. Der Atem stockte mir. Was sollte ich tun? Wohin sollte ich gehen? Hilflosigkeit machte sich in mir breit. In meinen Gedanken versuchte ich nochmals die Wege zu gehen und nachzuvollziehen, wie ich sie mit ihm gegangen war, um den Markt zu erkunden. Doch ich gab mir selbst keine Chance, fand meine eigene Spur nicht zurück. So gingen mir unzählige Gedanken durch den Kopf, doch besser stehen zu bleiben, zu warten und Geduld zu üben. Noch erinnerte ich mich daran, dass ich irgendwo unterwegs an einem Stand stehen geblieben war und vier silberne Kelche bewundert hatte, jedoch noch im Zweifel gewesen war, diese zu kaufen, und mich zu einem »Nein« entschlossen hatte. Ein Kind mit gerade knapp acht Jahren begibt sich auf einen Alleingang, den es weder einschätzen, geschweige denn kennen kann. War es diese Begebenheit an dem Stand mit den antiken Gegenständen aus Silber, an denen ich, vielleicht auch er Gefallen gefunden hatte? Waren seine Gedanken mit dem Kauf der Kelche beschäftigt, hatte er bemerkt, wie in mir beim Betrachten der Kelche Freude aufkam, während ich diese wertvollen und schönen Stücke betrachtete und in meinen Händen hielt? Hatte er gespürt, wie ich hin und her gerissen war und wie ich versucht hatte, den Preis in Relation zu der Schönheit und dem Wert der Gegenstände zu setzen, und sie dann doch nicht gekauft hatte, weil sie zu teuer waren? Dies, aber auch alles andere konnte möglich sein. Was ging in seinem Kopf vor? Was hatte ihn bewogen, einfach wegzulaufen?

Dann aber, fast gleichzeitig, waren meine Gedanken und Gefühle voller großer Sorge um ihn. Die

Gedanken, ihn nie wiederzufinden. Ich müsste eine Beschreibung zusammenstellen und wahrscheinlich einfach andere Leute ansprechen, die wie ich am Ausgangspunkt losgegangen waren und über den Markt liefen, ihn vielleicht gesehen hatten, ich musste ihn suchen. Sofort! Und wenn nicht, müsste ich die Polizei einschalten oder gleich zur Botschaft gehen, um eine Suchmeldung abzugeben. Die Situation wurde immer unerträglicher. Angst staute sich in mir an, wie in einem Hochdruckbehälter. Vor allem mit den Vorahnungen und Ängsten, dass ihm etwas zugestoßen war, er eventuell Fremden in die Hände gefallen sein könnte und ich ihn nie wiederfinden würde. Mein Körper war in Panik geraten. Herzrasen und Schweißausbrüche wechselten sich mit unkontrolliertem Atmen ab. Die Unruhe war nicht mehr zu unterdrücken. In voller Panik rannte ich in eine Gasse hinein, wieder zurück und dann in eine andere hinein und wieder zurück. Fing wieder laut an zu schreien und schrie einfach ständig weiter, immer wieder seinen Namen. Aus Anspannung und Sorge um ihn wurde mir immer elender und schlechter, und so lief ich in meiner Hysterie immer nur hin und her und schrie und schrie. Und plötzlich, auf einmal, stand er da und hielt die Kelche in der Hand. Und er sagte: »Mama für dich!«

Als Bärli an der sogenannten Dackellähmung erkrankte, konnte mich der Arzt mit seiner Diagnose nicht erschrecken, obwohl er mir nahelegte das Tier einschläfern zu lassen, da es keine Chance mehr gebe, ihm zu helfen. Für mich war »Ontogenese«, der Aufbau der körperlichen Entwicklung, längst ein Begriff geworden. Daniel hatte es geschafft zu stehen und war auf den Beinen, und auch Bärli war nach Monaten, entgegen der Prognose des Arztes, wieder gesund. So unternahmen wir lange, ausgiebige Spaziergänge zusammen. Die täglichen Routen führten uns in den Wald. Daniel schaffte, unterbrochen von allerlei Ablenkungen und Ausrufen wie »Schau mal hier« und »Was ist dort?« und zwischendurch mit einigen Minuten auf den Armen, eine große Runde, den »kleinen Marathon«. Es war geschafft. Mit zwölf Jahren war alles überwunden. Aus dem dünnen, armseligen Frühchen war ein stattlicher, lebensbejahender Mensch geworden.

Mama!

Mama, tschüs!

Mama, tschüs bis bald!

Mama, ich geh, ich komme nachher wieder!

Mama, lass den Schlüssel unter der Vorlage liegen!

Mama, tschüs, ich komme um zwölf Uhr zurück!

Mama ich fahre jetzt, also tschüs!

Mama, tschüs, Mama, tschüüüüüüüüs!

Wann darf, wann muss ein Frühchen leben?

Als Daniel 1978 geboren wurde, gab man Kindern unter 1000 Gramm keine oder nur eine ganz geringe Überlebenschance. Heute wetteifern die großen, bekannten Kliniken miteinander, wer das kleinste Frühchen am Leben erhalten kann. Trotzdem sehe ich manche Entscheidungen sehr kritisch. 500 Gramm gilt in der heutigen Zeit im Schnitt als untere Gewichtsgrenze und als früheste Geburtswoche 22 plus. Plus bedeutet jeder weitere Tag, den man dazugewinnen kann. Der medizinische Fortschritt macht dies möglich. Die Frühchen, deren Lungenentfaltung noch unvollständig ist, müssen sofort beatmet werden. Sehr oft wird versucht, eine Sauerstoffsättigung bis zu 96 Prozent zu erreichen, damit das Gehirn genügend abbekommt Diese Hochrisikozone ist problematisch. Durch den hohen reinen Sauerstoff werden die Alveolen, die kleinen Lungenbläschen, zu schnell aufgebläht und haben nicht die Möglichkeit, sich langsam genug zu entfalten und zu entwickeln. Das Lungengewebe erweitert sich, kann sich infizieren, wodurch es zur Herzinsuffizienz kommen kann. Die zu hohe Sauerstoffsättigung kann aber auch Schädigungen der Retina verursachen, sodass es oft zur Blindheit als Folge einer allzu langen Beatmung kommen kann. Auch die vielen Schläuche und Sonden an mehreren möglichen Stellen sind Herde für Komplikationen. Eine Tortur und eine Qual für jedes Kind, die als Trauma weit über die Zeit in der Frühchenstation hinaus erhalten bleiben. Die Schwierigkeiten von Daniel, sich berühren oder versorgen zu lassen, rührten daher. Hat das Kind Sauerstoffmangel erlitten, so führt dies oft zu einer tragischen Konsequenz in Bezug auf die geistige und körperliche Entwicklung.

Leider werden auch heute noch nicht alle Eltern mir der ganzen Deutlichkeit auf die zu erwartenden Probleme und die möglichen langjährigen Folgeschäden ihrer Kinder hingewiesen. Sicher ist auch den Eltern nicht klar, welch allumfassende Verpflichtung, eine tagtägliche unausweichliche Konsequenz in Bezug auf Betreuung und Resozialisierung, für das Kind zu leisten ist, wenn es Schäden davonträgt. Auf Nachfrage nach den Chancen der Kleinen antworten die Ärzte mit der sogenannten 30-30-30-Regel. Das bedeutet: 30 Prozent würden schwer behindert sein, 30 Prozent mittel bis leicht behindert und die letzten 30 Prozent hätten die Chance, gesund zu sein. Die Wahrheit, die auszusprechen die meisten Ärzte sich scheuen, ist aber, dass es fast keine gesunden Kinder gibt. Diese rein medizinische Sicht ist jedoch nur eine Seite, die andere Seite ist die ethisch-moralische Frage, die daraus erwächst. Ab wann »kann, darf oder muss« ein Kind leben, ab wann sind die Qualen und Schmerzen für ein »Menschlein« nicht mehr zumutbar und inhuman, wann sollte man der Natur ihren Lauf lassen? Sicher ist es im ersten Moment wohl das Schlimmste, was Eltern passieren kann, wenn sie in diese Situation kommen und eine Entscheidung treffen müssen. Vor allem, wenn sie um die Möglichkeit zu helfen wissen. Keine Schwangere wird in diesem schockähnlichen Zustand einen klaren Gedanken fassen können. Im ungünstigsten Fall prallen zwei verschiedene Positionen konträr aufeinander. Da sind zum einen die Eltern, die während der Schwangerschaft schon intensiven Kontakt mit ihrem Kind aufgenommen haben und mit ihm zusammenleben wollen und alles medizinisch Machbare für ihr Kind wünschen und erwarten. Und zum anderen sind da die Ärzte, die aufgrund ihres Hippokratischen Eides erst einmal alles medizinisch Mögliche tun müssen, um das neugeborene Leben zu schützen und zu erhalten. Nur eine ganz ehrliche und schonungslose Aufklärung kann dazu führen, dass sich auch die Eltern auf diese Sichtweise einlassen und ihrem Kind seine Selbstbestimmung und Würde zurückgeben.

Ein solch frühes Herauslösen aus dem Mutterleib bringt enorme Probleme und Schwierigkeiten, deshalb ist ein ganz wichtiger Punkt, wie sich die enge Verbindung, die eigentlich für das Kind noch auf natürliche Weise im Mutterleib erlebt werden sollte, außerhalb gestaltet und wie weiter der Kontakt gehalten werden kann. Nach heutigen »neuen« Erkenntnissen ist es ungeheuer wichtig, dass Eltern möglichst früh Körperkontakt aufnehmen. Inzwischen ist es auch mit Schläuchen und Sonden möglich, aus dem Brutkasten heraus das Kind auf Brust und Bauch zu legen. Umso wichtiger ist es, die Möglichkeit des Kontaktes zu schaffen und sie so oft als möglich zu nutzen! Schäden, welche gerade bei sehr geringem Körpergewicht auftreten können, sind vorher nicht unbedingt einschätzbar. Sicher ist jedoch, je geringer das Körpergewicht, desto mehr meist irreparable Schäden bleiben. Die Probleme, welche danach zu bewältigen sind, sind enorm und nur bedingt zu meistern. Die Quote ist niedrig, die Kinder in ein normales Leben zurückzuführen.

Nachwort

Daniels Behinderung, die durch eine lange Beatmungszeit auf der Frühchenstation entstanden ist, konnten wir beide mit einem ungeheuren Willen beheben. Geprägt von einem familiär bedingten Idealbild eines gesunden Menschen, geriet ich immer wieder in Zwiespalt. Es war ein ständiges großes Abwägen hinsichtlich des Wehrens und des Schonens und der unerbittlichen Konsequenz, mit einem immerwährenden Körpertraining verbunden, um seine Behinderung, seine damals vorhandene Spastik zu beheben. Dieser Spagat hat unendlich viel Kraft von uns beiden gefordert. Die Zugeständnisse, die ihm gegenüber gemacht werden mussten, wurden akzeptabler und seine Eigenheiten verständlicher. Mein Blick konnte durch Gespräche mit Ärzten auf neue Denkansätze und Sichtweisen gelenkt werden. Es hat mir gezeigt, dass für Menschen Liebe, Geborgenheit, Verständnis und ein sinnliches und geistiges »Hinhören« das Wichtigste ist, was für sie aufgebracht werden sollte, die Individualität eines jeden menschlichen Lebewesens einmalig und einzigartig ist und jeder mehr oder weniger Zeit braucht, um im Leben den eigenen Weg zu finden. Alle diese Komponenten führten dazu, dass er als Mensch auf seine Weise außergewöhnlich werden konnte.

Danke, Daniel, dass du da bist, danke, dass es dich gibt.